当確師
正義の御旗

真山仁
Mayama
Jin

光文社

当確師

正義の御旗

目次

主な登場人物

聖達磨　日本屈指の選挙コンサルタント。当選確率九九％を誇る当選確実請負人。
碓氷俊哉　聖事務所・調査責任者。
高月千香　聖事務所・データ分析責任者。
関口健司　恩師の選挙活動を手伝った縁で、聖の運転手を務める。

新垣陽一　与党・民自党の現総裁であり、総理大臣。
本多さやか　外務大臣。次代のリーダーとして期待される政治家。
九重薫　政調会長。巷間では美魔女議員の異名を持つ。
静村誠司　総務大臣。
根津幸太朗　元経済再生担当大臣。聖は大学時代の友人。
東大路顕信　民自党の最高顧問。
真藤久美子　ニュースキャスター。豊富な知見で政治家に迫る。
湯浅佳親　根津の公設第一秘書。聖、根津とは大学時代から交流がある。
鳴海臣　二二年前に不慮の死を遂げた政治家。

北原智史　東西新聞のベテラン記者。
佐々木恭平　東西新聞の検察担当記者。
折原早希　東西新聞社会部の遊軍記者。

装 幀
泉沢光雄

写 真
Enrique Ramos Lopez / iStock / Getty Images Plus
Hiroshi Watanabe / Stockbyte ゲッティイメージズ提供

プロローグ

二二年前――。

梅雨前線がぐずぐずと停滞する七月の真夜中、雨がハイヤーのルーフを激しく打っている。その音はイヤフォンで塞がれた北原智史の耳にまで届いた。セブンスターの煙を逃がすために二センチだけ開けた窓から雨が吹き込んでくる。

チェット・ベイカーとビル・エヴァンスによる名アルバム〝Chet〟に浸っていた北原は、舌打ちをして窓を閉めた。

もうすぐ日付が変わる。

既に二時間以上、衆議院赤坂議員宿舎の前で張り込んでいた。

前年の九月、米国・ニューヨークで同時多発テロが起き、世界は震撼した。その後、米大統領がイラク、イラン、北朝鮮を「悪の枢軸」として糾弾し、世界はますます不穏の中にある。

だが北原にとっては、それ以上に不穏なものが、目の前にあった。

年季の入った建物の中に、目当ての人物がいる。そして、いつも午前零時までには宿舎を出てくる。

「大村さん、冷房強くしてくれないか」

いびきをかいて寝ていた運転手が、慌ててＡＣボタンを操作した。

午前零時の時報と共に、宿舎から人が現れた。門灯のあかりで顔を確かめてから、北原は車を降りた。

「お疲れ様です、東西新聞です。聖達磨さんですよね。大至急確認して戴きたい重大事件があります」

　ビニール傘越しに声をかけると、大柄な男はギョッとしたように、こちらを見ている。傘を持つ右手に力がこもったように見えた。

「明日にしてもらえませんか」

「そんなことをなさったら、後悔しますよ」

「あなた、初めて会う方ですよね。東西新聞の政治部の記者の顔は、ほぼ全員知っているつもりなんですけれど。おたくの所属は？」

「社会部、検察担当です。三分だけお時間下さい。すぐそこにハイヤーを停めています」

　そう言って記者証も見せた。

　瞬間、聖の顔が歪んだが、すぐに黙って従った。

　聖は大きなボストンバッグを抱えるようにシートに座ると、北原に名刺を求めた。

「明日、弊社の一面を飾る予定の記事です」

　北原は名刺と共にゲラ刷りを渡した。

鳴海財相、総裁選で
ファンド社長から裏金融通か

「何だ、これは！」

　一目見て、聖が激昂した。

「落ち着いて、最後まで読んで下さいよ」

若き財相、鳴海匡の贈収賄スキャンダルだった。半年前に行われた民自党の総裁選挙に出馬した鳴海は、四二歳の若さで、第三位の成績を収め注目を浴びた。ところが物言う投資家として世間を騒がせているファンド社長から、総裁選の選挙資金として一億円を受け取っていたことが分かった――。

「こんなのデマです、いったい、何のつもりです⁉」

聖は初当選以来、秘書を務めている鳴海の懐刀だった。

「既に、特捜部は森原ファンドの最高財務責任者から証言を取っています。あなたが極秘で取り調べを受けているのも、知っています」

「バカな。検察からは接触すらない」

「聖さん、お惚けが上手ですね。特捜筋が鳴海さんの秘書を取り調べして、自白を引き出したという情報も得ているんですが」

「あんた、検察にガセを摑まされているんだ。ウソだと思うなら、私の最近の予定表を見せますよ。とにかく、こんな誤報を流さないで欲しい」

聖の強い抗議で、北原の自信が揺らいだ。

だが、検察が法務大臣や官邸に対して鳴海の逮捕許諾請求を打診していると、北原は複数の関係者からウラを取っている。

「だったら、その予定表なるものをお見せ戴けますか」

聖は即答しなかった。彼は膝の上に置いた大きなボストンバッグを、ずっと指で叩いていた。

雨足がさらに強まった。

北原は、車を出すようにドライバーに指示した。

*

火葬場の待合室にいるのが辛(つら)くなり、聖は屋外に出た。長かった梅雨は明けたが、その代わりに酷暑が襲ってきた。陰気な空気で重くなった体を、強烈な日射(ひざ)しが炙(あぶ)ってくる。

一週間のうちに、二人の大切な人を失った。

どちらも、聖が葬儀を仕切った。

先に逝ったのは、聖が夢を託した男だった。鳴海匡――総裁選で健闘し、政界のプリンスと注目された直後に迎えた死だった。

表向きは、聖との会食中にくも膜下出血を発症、三日後に息を引き取ったことになっている。

実際は愛人が住むマンションの一室で倒れ、聖が駆けつけるまで愛人は救急車も呼ばず放置したから、手遅れになったのだ。

救急車を待つ間に、パニックに陥っている愛人にカネを摑ませ、「誰にも連絡をしてはならない」とキツく言い含め、その後、「聖と会食中にくも膜下出血で倒れた」と夫人に連絡を入れた。

続いて、公設第一秘書の杉森光男(すぎもりみつお)に電話を入れた。永田町(ながたちょう)の生き字引と呼ばれるベテラン秘書の彼は状況を把握すると、ただちに策を練った。

杉森に言われた通り、慶應義塾(けいおうぎじゅく)大学病院に鳴海を救急搬送した。

連絡を受けて待機していた医師が、すぐに開頭手術を行ったが、意識は戻らず、「脳死の状態に近い」と診断された。

聖は、ただちに「後始末」に取りかかった。

まず、愛人宅に戻って、鳴海の遺留品と、二人の接点を示すものは徹底的に回収した。

続いて議員宿舎の郵便物に留守番電話、その他書類や記録物などを点検して、部屋を片付けた。倹約家の夫人が、東京滞在中、ここを利用する可能性が高いためだ。

ボストンバッグに不純物を詰め込み、宿舎を出ようとしたところで、東西新聞の北原に捕まったのだ。

一刻も早く、慶應病院に戻りたかった。だが、東西新聞の一面で、鳴海のスキャンダルをスクープされるわけにもいかない。

聖は、北原に言われるまま、東西新聞の社会部が借りているというビジネスホテルの一室で、シラを切り続けた。

話を聞いている内に、北原が勘違いしているのが分かってきた。

大手投資ファンドの社長から裏金を受け取った秘書は、公設第二秘書の倉山桂一（くらやまけいいち）だった。彼は、事務所の金庫番を務めていた。

だから、直（じか）当たりをするなら、倉山にすべきだと、北原に抗議した。その確認ができるまでは記事を控えるのが、礼儀では？　とも詰め寄った。自身の手帳も提示した。

それでも、北原は諦めないため、遂に聖は、鳴海が緊急の病に倒れ、危篤であると告げた。

それを信じようとしない北原を納得させるため、聖は慶應病院に連れて行った。

生命維持装置に繋がれた鳴海を見て、北原はようやく納得し、東西新聞のスクープ記事の掲載は見送られた。

鳴海の生命維持装置を外した日の夜、倉山が自宅で自殺しているのが発見される。

駆けつけた聖に、「聖君へ」と記した分厚い書類袋とフラッシュメモリが渡された。

鳴海とは幼なじみの倉山は、謹厳実直を地で行く男で、だから、鳴海の頼みは全て実行した。

聖なら断固拒否したであろう裏金調達を、鳴海は倉山にやらせたのだ。

そして、気の弱い倉山は、特捜検事たちの熾烈な尋問の前に屈した。

鳴海の急死は、事件とは無縁のはずだが、責任感の強い倉山は、自責の念に潰されたのだろう。

火葬場の煙と共に鳴海に捧げた聖の一三年間も灰になった。

「本気で闘えば、一人の政治家の頑張りで日本を変えられる」という鳴海の信念に共鳴し、聖は政策秘書として斬新な政策を次々と提案した。鳴海が「若手ながら、政策に強い」と評価されたのは、偏に聖をはじめとする優秀なスタッフたちの力である。

膨大なカネが乱れ飛ぶと言われる民自党の総裁選でも、「カネではなく、情熱と政策で同志を募ろう」と聖は必死で奔走した。

なのに、あの人は、カネをばらまいて、票を「買っていた」なんて。

一心同体だと思っていた代議士に裏切られたショック、検察の餌食になる直前まで、その事実を知らせず、勝手に罪をかぶった同僚に対する失望に聖は打ちのめされた。

秘書とはなんだ、政治家とは何なのだ。

「聖君、君、匡君の後を継いでくれへんか」

日陰でタバコをくわえた聖に声をかけてきたのは、副幹事長の新垣陽一だった。アクの強い昭和の悪い政治家のイメージを体現した男だったが、なぜか鳴海と親しかった。

「私が？　国会議員を？」

「あんたは匡君を支えた軍師としてメディアにも注目されてる。その勢いを駆ったらええとこ狙えるやろ」

党としては、欠けた議席は補わなければならない。しかも、世間から注目されている議席なのだから負けるわけにはいかない。

「いやあ、私は国会議員の器じゃないですよ」

「何を今さら。匡君の弔（とむら）いやと思って、頼むわ。それに器っちゅうもんは、勝手にできあがるもんやと、あんたかてよう知ってるはずや」

「せっかくのお言葉ですが、辞退します。私には、他にやりたいことがありますので」

一人でも多くのまともな政治家を、国政に送り出すことです、とは言わなかった。

「それは国会議員のバッヂよりええもんなんか?」

「寺の坊主です。実家の父が体調を崩しまして、跡を継いでくれといわれましてね」

「なんや、ちっこい話やな」

俺は、政治家にはならない。俺がやりたいのは、「選挙でこの国を浄化する」ことだ。そのため必要なのは、臆面もなく「正義の御旗」を掲げられる本物の政治家を、一人でも多く世に送り出すことだった。

日射しが厚い雲に遮（さえぎ）られ、頬に一粒雨が落ちた。

第一章　求められた男

任期満了に伴う民自党総裁選挙の告示まで一カ月を切った一二日、新垣陽一総理が総裁選に出馬すると正式に表明した。

民自党総裁選は、九月一二日に告示され、二週間の選挙戦の末、二五日、投開票される。

表明したのは派閥の総会で、「政権の新しい政策がようやく緒に就いた。挙党態勢で、その実現に邁進したい」と述べた。

この発言は、無投票による続投を呼びかけるのが目的と考えられているが、既に複数の議員が、総裁選出馬に意欲を見せており、選挙は避けられない見通し。

派閥のパーティ券を巡る政治資金規正法違反による派閥解散後、初めての総裁選となる今回は、候補者と旧派閥との関係にも注目が集まる。

東西新聞の調べでは、根津幸太朗元経済再生担当相、本多さやか外相、静村誠司総務相、九重薫政調会長らが、出馬に意欲を見せている。


【8月13日「東西新聞」朝刊】

1

その日、聖達磨は、軽井沢にいた。内閣総理大臣の新垣陽一の別荘に呼ばれたのだ。

いかなる選挙でも、当選確率九九％を誇る選挙コンサルタントである聖は、自らを「当確師」と称している。

但し、自身は目立たぬように、影の存在に徹していた。

だが、新垣からは「堂々と、真っ昼間に正面玄関から来てくれるか」と言われている。

「聖さん、どうします？」

運転手兼調査員補佐の関口健司の声で、聖はタブレット端末から顔を上げた。

新垣の別荘前に、報道陣の車がひしめいている。

「クラクションで、追い払えばいい」

「それは無理ですよ」

聖は答える代わりに、運転席を後ろから蹴った。

尤も、健司が、クラクションを鳴らしても、報道陣は除ける気配がない。結局、聖が乗るレクサスＬＭは、停止を余儀なくされた。

瞬く間にカメラに囲まれる。そして、何人もの記者やリポーターが、スモークガラスをノックしてくる。

「もう一度クラクションを鳴らせ」

それで門が開き、中から男が数人飛び出してきて、記者たちを押し戻した。

「わざわざ、すまんな」

涼しげな小千谷縮を着た新垣が、上機嫌で聖を迎えた。

「大変ご無沙汰しております。相変わらずお元気そうで、何よりです」

「まあ、元気だけが取り柄やからな。それにしても、えらい上等な車に乗ってるねんなあ。あれ、二〇〇〇万円以上するやろ。さすが当確師、商売繁盛、ええこっちゃ」

民自党総裁、さらに総理になっても新垣は、きつい大阪弁を変えようとしない。

昔から、あらゆる値段を知っている男だった。この調子で、人間にも値付けをするのが趣味で、暴落すると見ると、斬り捨てる。

「そう言えば、梅津君が、次期総選挙の選挙参謀依頼を受けてくれへんって嘆いとったぞ」

梅津幹事長から依頼があったのは、一度だけだ。

「総理、私が党の選挙参謀をお引き受けしないのは、ご存じでしょう」

「けど、あんたには『選挙で日本を浄化する』という青臭い夢がありますやん。それを実現したいんやったら、党の選挙参謀になるのが、一番やろ」

候補者の公認権がなければ、浄化など不可能だ。

新垣は葉巻をくわえ、火を付けた。日本中に禁煙エリアが広がっているご時世を気にもしないのは、自身を吉田茂になぞらえることの方が重要だとでも、考えているのだろう。

「まあ、それは今日の本題やないから、ええわ。お忙しいあんたを呼んだんは、総裁選の相談や」

それは予想していた。

「新垣派以外は、みんな派閥を解散してしまった。それで、無投票での再選を目論んでいる」

「要するに、総裁選に出馬する可能性のある先生たちを潰せ、という意味でしょうか」

「ちょっと露骨な言い方をすれば、そういうこっちゃ」

新垣は、葉巻を吹かしながら言葉を吐き出した。

「私の仕事は、候補者の当選を確実にすることです。候補者の出馬を抑え込むことではありません」

「そんな器量の狭いこと言うな。このお願いは、民自党の存続のためや。君のビジネス心情を曲げて、どうか引き受けて欲しい」

「派閥がなくなっても、民自党の体質は変わらないのではないかと、国民は不信感を抱いています。それを解消するのが、政権与党である民自党の使命ではないのでしょうか」

聞く気はないだろうが、言わずにはおられなかった。

「もちろんや。けどな、未だに新たな政治スタイルを築けていない状況で、総裁選をやれば、候補者が乱立し、党の統一感が失われる」

統一感など、とうの昔になくなっているではないか。そもそも、他の派閥がすべて解散したのに、新垣だけは「派閥による政策立案の重要性を、しっかりと国民の皆様にお伝えするために、派閥を活性化して維持する」と豪語して、解散しなかった。

それが、党内外の不信感を募らせるだけではなく、新垣政権の支持率低下も招いている。

従来であれば派閥の領袖が総裁選に立ち雌雄を決するはずが、今回はその軛がはずされたわけで、多数の候補者が立候補する可能性がある。

しかし、候補者が何人いようと、フェアな選挙で総裁が選ばれれば、民自党の信頼回復に繋がるのだ。

「これは、目先の利益で頼んでるのではないで。民自党が落ち着くには、もう少し時間が必要や。だから、穏便に済ませたい」

「そんな理屈は通用しません。メディアは総理に、独裁者のレッテルを貼りますよ。ＳＮＳの反応次第では、国民から強い反感を買います。

最悪の場合は、総理の立候補をやめよという声が、大きなうねりとなって襲ってきます」

傲慢だが、愚かではない総理には、それが想像できたのだろうか。一瞬、身震いしたように見えた。

「そうか。分かった。ほな、依頼内容を変える。わしの参謀になってくれ」

「それは、謹んでご辞退致します」

2

翌日、聖は軽井沢の千ヶ滝にある邸宅を訪れていた。

そこで、衆議院議員を引退した東大路顕信が暮らしている。

保守本流の王道を歩んだ最後の宰相と称される民自党の最高顧問で、旧大蔵省官僚を経て政界に転じ、総理の座に上りつめたが、任期終了と共にあっさりと身を引いた。その潔さゆえ、与野党を問わず多くの国会議員から尊敬を集めていた。

齢八二の現在は、党の若手議員を教育する政治経済研究所の理事長を務め、後進の育成に熱心だ。

引退まで派閥の領袖を務めた立志会は、民自党最大派閥だったが、昨年の「パー券不祥事」が発覚した時、いちはやく派閥の解散を訴えたのは、東大路だった。

「本来、政策研究及び立案が目的だったはずの派閥が形骸化し、猟官に腐心し、私腹を肥やす烏合の集団と化したのであれば、潔く解散し、党として政策立案のシステムを再構築すべし」というのが、解散理由だった。

直前に、立志会出身の総理であり総裁だった岳見勇一が政界を去り、その後の派閥会長が空席だったのも、解散の理由の一つだった。

だが、立志会に所属した議員は、解散後も「緩い連携状態」にあり、社会的な批判を浴びていた。それを危惧した東大路が、次期総裁選で日本政治の刷新を断行するために力を貸して欲しいと言う。

三〇年近く「永田町」に身を置く聖は、東大路が完全無欠の「清廉の士」ではないのを知っていた。したがって、声がかかっても東大路の憂いを素直に受け入れる気はなかった。しかし、東大路の話を聞くうちに、この重鎮を支援したくなってしまった。

「新垣君は、如何でしたか」

「他の候補者が立たないように対処して欲しい、と頼まれました」

東大路と聖は森の小径を歩いている。ケヤキやカエデがうっそうと茂る東大路邸は、木々の間を抜ける涼風が心地よかった。

「新垣君には民自党の再構築を期待していた。でなければ、革新も創造も生まれてこない状況だからね。だが、新垣君は時流を理解できなかった。そして、権力にしがみつこうと必死になったんだね。残念なことだ」

聖が見る限り新垣は、そこまで堕落していない。確かにオールドスタイルではあるが、理性はある。ただ、党の現状を客観視できていないのだ。

「それで、私の頼みを聞いてくれる決心はついたかね？」

「他ならぬ東大路先生のお願いですから、ぜひにと申し上げたいのですが、ご依頼はかなりのリスクを背負うことになります。もしかすると、この仕事から引退せざるをえないかも知れません」

東大路は、黙って空を見上げている。

我が身の行く末と日本の未来とを天秤にかけるのか、と、いっそ怒鳴りつけられたら踏ん切りもつくのだが、そういう後押しを、彼はしない。

全ては自己責任だからだ。

「いずれにしても、結論を出すのは、私自身が直接ご本人とお会いしてから、というのが私のモットーですので」

「会って、しっかり吟味したまえ」

総裁選出馬に意欲を見せている本多さやか外相のことだ。

彼女と明日、会えと東大路は言う。

庭に聳（そび）えるニレの大木で、鳥が一声啼（な）いた。

見上げると、梢の間を鮮やかな青が横切った。オオルリの羽だ。

欧米人だと「幸せの鳥！」と大喜びしそうな青い鳥だった。

3

本多さやかに会う前に、どうしても会っておきたい男がいた。連絡を入れたら、〝軽井沢駅前の茜屋（あかねや）にいる〟と返事がきた。

茜屋は古い民家を改装した店で、入口には「ＣＬＯＳＥＤ」の札が掛かっている。

スマホで相手を呼び出すと、〝はい〟とぶっきらぼうな声が返ってきた。

「店の前にいるんだが、閉店しているみたいだぞ」

返事もなく電話が切れたが、代わりにドアが開いた。

「時間を作ってくれてありがとう。元気か」

小柄で冴（さ）えない中年男は、それに答えず店内に戻っていた。

隅の一角だけあかりが灯（とも）されていて、ノートパソコンの周囲に書類が散乱していた。

「コーヒーは、カウンターのポットに入ってるよ。サンドイッチも食べていい」

この男、根津幸太朗とは学生時代からの付き合いだ。

一九九〇年は、膨らみきったバブルの中で、世間はカネと欲望に浮かれていた。そんな時代に大学生だった根津と聖は、真剣に日本の未来を考える勉強会を開いていた。

その時から根津は、政治家になって日本を変えるといきまいていた。

なのに、二年も留年し、挙げ句に自分探しの旅に出ると言って各国を放浪、三〇歳になった春に、突然、聖の前に現れたのだ。

「次の衆院選に出馬するから、応援しろ」と言われて、聖は呆（あき）れかえった。

元々、根津は栃木選出の衆議院議員の息子で、将来は父の跡を襲うつもりだった。ところが、彼が親にも告げず飛び出したために、政治に興味がなかったはずの兄が後継者となった。

それでも本人は自信満々で、家族の制止も無視して無所属で、兄と同じ選挙区から立候補してしまう。そして、既に鳴海匡の政策担当秘書になっていた聖に選挙参謀を依頼してきたのだ。困った聖が鳴海に相談すると「いい勉強だ。思う存分、暴れてこい」と快く背中を押してくれた。

そこで、同志を集めて、本格的な選挙準備に入った。

確かに根津の政策提言は、現実的かつ日本の未来に待ち構える危機を回避するための重要なものばかりだった。

鼻持ちならないやつだが、国政に押し出して、彼のアイデアを現実化させたい――。聖は必死で選挙戦を展開した。

根津は落選したが、聖や大学時代の友人たちの頑張りもあって大健闘し、二〇％を超える票を得た。ところが、彼の出馬のあおりを受けて、兄も落選し、比例復活も叶わなかった。最悪の結果だった。

根津は勘当され、父の葬儀にも参列させてもらえなかった。

それでも彼は政界進出を諦めず、一族の地盤だった栃木四区と隣接する栃木二区で再挑戦し、見事当選、以降は衆議院議員として七度の当選を重ねている。

「ネズミ、おまえ総裁選に出るそうだな」

正式な出馬表明をしていないが、聖の調査では「確実」という感触を持っている。

「ノーコメント」

「勝算はあるのか」

「なければ、立たない」

「相変わらず自信過剰は変わっていないのか」

「おまえに、何の関係がある？」

「河嶋先生に頼まれたんだよ。幸太朗を男にしてやって欲しいと」

河嶋は、根津がかつて所属していた派閥の領袖で、民自党の〝良心〟と呼ぶ者もいた。河嶋自身は、今期限りで引退を表明している。「混沌とした時代だからこそ、幸太朗のような破壊的創造の発想が重要だ」と根津の総理就任を期待している河嶋から、聖は直々に頭を下げられている。

「俺は昔から男だよ。そもそも、俺にはカネがない」

「これは、カネの問題じゃない。俺は、ネズミに総理の座に就いてほしいと本気で思っている。ネズミの大義と情熱次第では、社会貢献活動として考えてもいい」

初出馬の時に、根津と聖は選挙戦略で揉め続けた。正論こそが、有権者の心を動かすと譲らない根津と、時に結果のためには手段を選ばない権謀術数が必要という聖の主張は、水と油だった。

結局、それが大きく響き、根津は一敗地に塗れ、二人は決別する。

尤も、次の選挙で根津は、敗北の経験を生かし、初当選。以来、連続当選を果たしている。

選挙参謀として、聖が関わることはないと思う一方で、常に日本の未来を憂い、より良き政策を提案する根津の姿勢には、〝本物〟を感じた。

こういう奴に、国を委ねてみたい――、聖のホンネだった。

根津はまったく聖の方を見ず、パソコンの画面を睨んでいる。

「じゃあ、どうやったら、総理になれる?」

「新垣と本多よりたくさん票を取ればいい」

いきなり何か飛んできた。反射的に避けたら、背後で、陶器が割れる音がした。

「党員票で大差をつけ、両候補の公約の適当さを論破し、そんな無責任な人物を、日本の総理大臣にしていいのかと訴えたら、勝てないこともない」

根津がボールペンで、殴り書きを始めた。

「今のダルマのアドバイスは、重要だな。ただしカネは払わんぞ」

聖はムッとして、ボールペンを取り上げた。

「なあネズミ、おまえの政策は素晴らしい。その半分でも実現したら、日本は生まれ変われる。だが、それを有権者、せめて党員に納得してもらうための言葉を持て」

根津の小さな両目が、こちらに向けられていた。

「俺には、バカを説得する言葉なんてない。おまえが、そこをカバーできるなら、努力はする」

「但し、俺が引き受けるには、条件がある。まず、その考えを改めろ。勝つための戦略は絶対に守ってくれ。まず消費税二五％を公約にするな」

「帰れ！」

また何か飛んできて、背後で割れた。

「俺は、消費税二五％を掲げて政治家をやってきたんだ。そうすれば、日本の財政再建は一気に進む。それが、次世代のためなんだ」

理屈ではその通りなんだがな。

消費税が一％上がるごとに、税収が二兆円増える。つまり、現状から一五％消費税が上がると、税収が三〇兆円増え、ほぼ、単年度での財政赤字は解消されることになる。

だが、それを公約にしたら、総理の座は絶対に手に入らない。国民は未来よりも今の利益を望んでいる。未来を考える余裕など、今の日本にはなかった。

こいつはそれを知っているのにこの公約を引っ込めようとしない。

残りのコーヒーを飲み干すと、聖は立ち上がった。

「ネズミ、政治は大衆を巻き込んでこそ成就する。ひとりよがりじゃだめなんだ。媚(こ)びろとは言わない。だが、国民の目線を理解し、そこに届くように語りかけろ」

4

翌日、東大路の別荘に向かった。

別荘に向かう途中で、聖は改めて本多の資料に目を通していた。

資料の一枚目には、本多を象徴する一枚の写真がある。

本多さやかと母親が、二人の真ん中で笑っている少女に頬ずりしている。母、娘、孫の三代の「幸せな家族写真」だ。

写真の下には、「私の元気の源」と書かれている。

祖父も父も、外務大臣を歴任した政治家一家に生まれた本多は、筋金入りのセレブリティであり、政治家としてもサラブレッドだ。

身につけているのは、どれも高級品だと分かるが、そのさりげなさと、センスの良さで、品を感じさせる。そこには「政治」の匂いが一切ない。

一〇代からアメリカ・ボストンで暮らし、ハーバード大、同公共政策学の大学院であるケネディスクールを、それぞれ上位で修了した才媛だが、エリートぽくも見えない。

何より、表情がいい。美人ではないが、優しげな目や微笑(ほほえ)みに、親しみやすさを感じる。

この写真は、アメリカ人の元夫との離婚が成立し、本多が帰国した直後に撮られたものだ。

そして本多のシングルマザーとしての奮闘が始まった。それには母の支援が必要不可欠だった。女性が、母となって社会に復帰する典型的な支援パターンを、本多は自ら体験し、それを踏まえた政策提案をし、女性層から圧倒的な支持を得た。

そして、本多自身は政治家として、二〇年前に撮ったこの写真で誓った政治信条を粛々と実行している。

週刊誌などの「総理になって欲しい政治家」では、既に一〇年近く一位か二位を維持している。

さらに、彼女が主宰する「女性議員ネットワーク」という全国の女性政治家を中心とした政策実現共働グループの会員は、三〇万人を突破している。

二六歳の若さで初当選の時から、「いつかは総理になりたい」と発言し、物議を醸したこともあるが、論より証拠で、支持者を増やした稀有な政治家だ。

現在は、外務大臣を務めているが、新垣のような旧弊な男がよくぞ指名したものだと、聖は驚いたのを覚えている。

彼女の人気にあやかりたかったのが理由らしいが、たびたび総理の外交方針に異議を申し立てるし、一部の外国首脳が、交渉相手として、総理を差しおいて本多を指名するケースが増えている。

今なら総裁選に出馬表明するだけで、当確が打たれるのではないかと、思うほどの人気ぶりだ。

つまり、俺の出る幕はない。なのに、東大路は譲らない。やりにくい依頼だった。

尤も、民自党内での人気は、伸び悩んでいる。

本多が、民自党の総裁になれば、大胆な党内改革に乗り出すだろう。そうすると様々な軋轢が生まれる。

また、総裁の最大の権限は、選挙時の公認権だ。ベテラン議員と、イケメンや美魔女系の議員は、公認を受けられないだろうという憶測を、新垣あたりが意図的に流している。

民自党の総裁選は、都道府県別に党員と党友が投票し、そこで一位の候補者を地方代表の一票として投票する。地方票は、四七票で、それに加え衆参両議院の民自党議員の総数三七〇票が加わる。

地方の声を吸い上げる配慮は万全！　と党本部は誇らしげに言うが、実質は国会議員の投票で雌雄は決せられるのだ。

メディアの予想では、本多は、四七都道府県すべてで勝利するだろうが、国会議員票については、微妙だった。

彼女が勝つためには、国会議員の支持を広げる必要があるのだ。

聖は、総裁選に向けた公約について、本多に尋ねている。

今朝になって送られてきた公約は、なかなかユニークだった。そして、彼女は、自身の弱点もよく理解していた。

「聖さん、まもなく到着です」

健司の声で、聖は資料を閉じた。

やはり、気乗りがしない。だが、もはや後戻りはできない。ならば、やるだけだ。

*

本多との会合は、庭に面したテラスで行われた。

面と向かって相対するのは、今日が初めてだった。

本多は過不足なくイメージ通りだ。

東大路は二人を引き合わせただけで退き、本多のお手製というレモネードを飲みながら話をした。

「今朝、公約をお送りしたにもかかわらず、まだ、迷っています。私は新垣政権の外交を支える外務大臣です。そういう立場の者が、総裁選に出馬するというのは、現政権の批判をするようなものではと、危惧しています」

東大路の姿が見えなくなってすぐに、本多が不安を口にした。

「ですが、新垣総理の政策には異議があるんでしょ。公約とされる『三つの誓い』を大変興味深く拝読しました。あそこで書かれている誓いは、総理の政策とは、随分対照的ですね」
一、**民自党が、大躍進すること**
二、**母性ある政党**

三、平和維持のために憲法維持——

総裁選挙なのだから、ある意味〝一〟は、当然だが、そんな言わずもがなの公約を見たことがない。

だが、本多は〝有権者との対話を重視して、苦しみと喜びを知る民自党を目指す〟と説明している。

第二の「母性ある政党」の実現は、いかにも彼女らしい。彼女はこれまでも、ずっとこのスタンスで政治家を続けている。

彼女がいう母性とは、国民に対する包容力を持つことだ。つまり、困った人は助ける。失敗を怖(おそ)れず挑戦を後押しする。しかし、時に厳しいことも言う——となる。さらに、「女性が活躍するための環境づくり」と書き添えている。

女性票の掘り起こしをミッションにしている民自党にとって本多は、シンボル的存在なだけに、説得力がある。

三番目も、ユニークだった。

アメリカ暮らしが長く、親米派だと考えられている本多が、集団的自衛権の否定や、平和憲法の維持を訴えるのは、意外だったが、理由は読めば、納得できる。

すなわち、日本がアメリカの戦争には巻き込まれないために、アメリカが制定した日本国憲法を楯(たて)に取る、という理屈だ。

今回は、総裁選だから、圧倒的に改憲論者が多い。だが、この理屈だと、彼女の主張に靡(なび)く議員もいる気がする。

全体を通して、民自党の繁栄を第一に考えると打ち出したのは、彼女の頭の良さを証明している。

「このタイミングで、出馬を検討された理由を伺えますか」

「これまで党の支柱でもあった、各派閥が解散してしまうような事態に陥った以上、新しい民自党を示す必要があると感じたのが、きっかけでした。

　私と同世代の先生たちと、議論を重ね、党には新しい顔が必要だ。それは、私のように従来の民自党のイメージとは異なる者が立つべきだ、という声に推されて、その気になってしまいました」

「民自党のイメージ刷新のシンボルになれるとお考えなんですか」

「聖さん、それは私には答えようがありません。本来、謙遜するべきなんでしょうが、私は、不用なへりくだりはしません。やらなければならない時は、自分が率先せよというのは、父からの教えですし、私自身もそれを貫いてきました。

　世界のあちこちで、戦争が起き、社会の不安が広がっていく中、今こそ政治家が、命を張って日本を守り、前に進めなければならないと考えています。

　ですから、大いなる勘違いかも知れませんが、おまえがやれという声を聞き、私の政治の師である東大路先生からも、強く推された以上、出馬するしかないと思っております」

「そこまで覚悟しているのに、迷っているのですか」

「聖さん、私は負けず嫌いなんです。もし総裁選に出馬するなら、絶対に勝ちたい、と思っています。でも、まだ絶対的な勝算はありません。それが、一番躊躇(ためら)っている理由です」

「では、当選確率を上げるお手伝いをさせて下さい」

　聖は腹を括(くく)った。

5

「民自党の党員が何人いるか、知っているかね？」

インタビューを始めた途端、カエル顔の政治評論家は、折原早希（おりはらさき）に問うた。

「確か約九九万七〇〇〇人だったかと」

無礼、傲慢、男尊女卑の男に精一杯の笑顔を返した。

「日本の有権者数は？」

「えっと、約一億一二四万人でしたっけ？」

七月一日に東西新聞西部本社社会部から、東京本社社会部遊軍に異動した折原は、三日前に民自党総裁選挙班の一員となった。そこから猛勉強した成果だ。

「ほお、よく勉強しているじゃないか。民自党の総裁選とは、すなわち日本の総理大臣を決める選挙だ。有権者が一億人もいるのに、わずか一％の人が、日本の総理を決める。おかしいと、思わんかね？」

「ホントですね、ちょっとマズいですね」

「ちょっとじゃないよ、かなりマズいだろ」

「それで、白瀬（しらせ）先生は、首相公選制の実現を掲げてらっしゃるんですね」

ガマガエルこと、白瀬通綱（みちつな）が満足げに大きく頷（うなず）いている。

「日本のトップは、国民が選ぶべきだ。一部の政党が、私物化しちゃならん」

理屈としては分かるし、それによって政治は身近な存在になるかも知れない。

だが、総裁選関連の基本資料を読んでからは、首相公選制というのは、実現性に乏しいのではないかと、折原は考えている。

「それって、日本に大統領制を敷くってことじゃないんでしょうか」

「違う違う。あくまでも総理大臣を選ぶんだよ。君、知識が浅いなあ」

「恐れ入ります。ですが憲法第六七条第一項には、『内閣総理大臣は、国会議員の中から国会の議決で、これを指名する』とありますよ。先生のご主張を実現するためには、憲法改正が必要ですが」

「改正すればよろしい。社会にそぐわないのであれば、法律でも憲法でも変えるのが当然だ。憲法改正と言えば、すぐ九条をやり玉に挙げるが、改正しなければならない条項は、他にもある」

白瀬は、憲法改正論者としても有名で、天皇を国家元首に戻すことや第九条も改正して、自衛隊は正規軍と位置づけ、集団的自衛権、敵基地攻撃能力の保有を認めよと主張している。

白瀬の主張は「タカ派」というより、「極右」じゃないかという気がするが、彼を支持するメディアや政治家も少なくない。

「それで首相公選制を実現するなら、いっそのこと大統領制にした方が分かりやすくないですか」

「君、もう少し勉強をしたまえ。我が国では、大統領は難しいんだ。だから、議院内閣制を堅持しながら、首相公選制だけを行えばいいんだ」

天皇を国家元首にすべきだと主張する白瀬の立場からすると、軍の統帥権を保有する大統領も国家元首と考えられているため、「日本には大統領は馴染(なじ)まない」らしい。

「ところで、民自党総裁選が、いよいよ来月に迫りました。白瀬先生は、この総裁選について、どのようにお考えなのでしょうか」

白瀬は、急に興味を失ったかのようにパイプをくゆらせた。一人がけのソファは彼の巨体が収まらず、腹部が肘掛けにはみ出ていた。

彼の仕事場にいるのだから、禁煙を訴えるわけにもいかず、折原はじっと耐えた。

「僕に言わせれば、茶番だね。今の民自党なら、誰がやっても同じだよ」

出馬が予想されている顔ぶれは皆個性的で、総裁選は面白くなりそうだというのが、政治部の見立てなのだが……。

「首相公選制が実現したとして、先生が推したい方はいらっしゃいますか」

白瀬は二人の国会議員の名を挙げた。

いずれも少数政党の党首で、景気回復より、戦争の方が好きそうな面子だった。

こんな連中が出馬して勝てると思っているのであれば、白瀬も相当おめでたい。

6

東京地検で定例の次長レクチャーを終えた佐々木恭平は、他社の検察担当の様子を窺った。特に変わった様子は感じない。

だとすれば、あのネタを摑んでいるのは、東西新聞だけか……。

東京地検特捜部が、与党の大物国会議員の捜査を超極秘で行っている――一週間前に雀卓を囲んだ事務官がそう耳打ちしてくれた。

彼は、特別捜査部機動捜査班に所属していた。

さすがに、政治家が誰なのかのヒントはもらえなかったが、既に副部長の下に俊英の検事数人が集められ、内偵を始めているという。

容疑は、贈収賄（サンズイ）。

Ｐ担となって半年余り、それまで担当していた警視庁とは、取材の作法がまったく違った。

何より辛いのが、検事に接触できない点だ。庁舎内はもちろんのこと、自宅への夜回りをしたことが分かると即、担当者だけでなく社もろとも「出禁」となってしまう。

取材が可能なのは、地検の広報担当である次席検事だけだ。特捜部長も時と場合によっては取材に応じてくれるが、それも稀（まれ）だ。

その網の目をくぐって各社のＰ担は、独自のネタ元を見つける。

佐々木に情報提供をしてくれた事務官も、佐々木が独自に開拓したものだ。

「恭ちゃん、今晩、どう？」

暁光（ぎょうこう）新聞記者の天野（あまの）が誘ってきた。彼とは、警視庁担当時代からの飲み仲間だった。早稲田（わせだ）の体育会柔道部の主将を務めただけあってやたらと馬力があり、タフな仕事をする。警視庁時代は刑事たちの朝練に付き合って、ネタ元を増やし、何度も手痛いスクープを抜かれていた。

「おお、いいねえ。誰か誘う？」

「久しぶりに二人でどうだ？」

ほお、珍しいじゃないか。

社交家で女性好きの天野の呑み会は、女性や異業種の友人が同席することが多い。なのに、今晩は二人か。

もしかすると、腹の探り合いをしたいのかな。

佐々木は霞（かすみ）が関（せき）の法務省の庁舎を出た足で、天野と二人、新橋（しんばし）に向かった。

*

「鳴海匡っていう国会議員を覚えてるか」

　同業者の噂話をしていた天野が、突然話題を変えた。

「政治は苦手分野なんで。その人が、どうかしたの。Ｐに狙われているとか」

「二二年前に死んでる」

「あっ、思い出した。民自党の総裁候補として期待されながら、急死したんだ」

「おまえのところの北原さんが、鳴海さんについて取材して回っているらしいんだけど」

　北原智史は東西新聞きっての敏腕記者で、憧れの先輩だった。一時、経営陣と揉めて事業部で冷や飯を食わされていたが、昨年、編集局に復帰している。

「鳴海という議員がかつて総裁選の際に不正に選挙資金を受け取っていた疑惑について、北原さんはあと一歩まで迫ったことがあるらしいよ」

「へえ、初めて聞くよ」

「あれ？　おまえ、北原さんに目を掛けられているんじゃないのか」

　伝説の記者というのは、大抵、武勇伝を語りたがる。だが、北原には、そういう趣味がなかった。

「いや、俺が勝手に私淑(ししゅく)しているだけだ。でも、そんな古い事件を今さら取材してどうするつもりなんだろう」

「それを聞こうと思っておまえを誘ったのに、無駄だったか」

　がっかりしながら天野は生ビールのおかわりを注文した。

「でもさ、なんで俺が知らないような話を、おたくが知っているわけ？」

「ウチの面倒な先輩記者が、どっからか摑んできたわけさ。北原さんは、検察幹部やＯＢにも会っているらしいって言ってたよ」

かなり本格的だな。

「先輩の見立てとしては、最近になって新事実を摑み、現職の政治家を怯（おび）えさせるようなスクープを打つんじゃないかと」

だから、俺に探りを入れるわけか。天下の暁光のくせに安直な道を選んだな。

「あの人は、秘密主義で有名なんだ。チームで取材するのを好まない。だから、何か動いていても、誰も知らないと思う。それに、二二年も前の事件で再取材しても、とっくに時効でしょ」

「ジャーナリズムに時効はない！　というのが、ウチの持論なんでね」

名文句だなあ。

「だけど、少なくとも、特捜部が動いている気配とかはないでしょ」

「まあね。特捜部には無縁の話だしねえ。でも、鳴海は、新垣総理と親しかったはずなんだ。今では、ガチガチの既得権益の守護神だけど、若い頃は改革派で、鳴海の総裁選でも選挙参謀として大活躍したらしいんだよね」

だったら、化石のような記者のノスタルジィとは言えなくなる。現職総理に絡む話になれば、まさに「ジャーナリズムに時効はない！」だ。

「二二年前の事件を知らないんだけど、総理も嚙んでたのか」

「分からない。実際、事件と呼ぶのも難しい」

北原が疑惑追及で一面を飾ろうとした日に、鳴海はくも膜下出血で倒れたと、天野が説明してくれた。そして、意識が戻らないまま三日後には帰らぬ人になった。さらに、鳴海の金庫番まで、自殺して、捜査は中止されている。

　佐々木には初耳のことばかりだが、俄然興味が湧いてきた。

　これは、土下座してでも手伝わせてもらおう。

　佐々木は、硬くなっていた焼き鳥を串から一気に抜き去り、ビールを呷(あお)った。

7

　神田小川町(かんだおがわまち)のマンションの一室で古い資料を読み漁っていた北原の耳に、民自党の総裁選のニュースが流れ込んできた。

〝今回は、八人が立候補の動きを見せており、稀に見る激戦が予想されています〟

　ＮＨＫの女性キャスターのアナウンスに続き、その八人の顔ぶれが紹介された。

　三五歳から七九歳まで、男五人、女三人という顔ぶれだ。

　今日午後の会議の後、編集局長から「北さん、今なさっている作業は、総裁選中は小休止するんですよね。古いヤマなんですから、慌てなくても事件は逃げませんからね」と釘(くぎ)を刺された。

　後輩のくせに権高な局長の神経を逆撫(な)でしたくて、一言も答えなかった。とはいえ、厄介ではあった。与党の総裁選の最中、有力候補周辺で一介の記者が不穏な動きをするというのは、他社だけではなく、自社の記者にも迷惑がかかる。

　それにしても、まさかこんなタイミングで、あのヤマを洗い直すとは思っていなかった。

　編集局に復帰して一年が経過した今年四月、社に一通の封書が届いた。差出人がなく、Ａ４サイズの封筒は相当にぶ厚い。

開けてみると、一〇〇枚以上の文書の表紙に、「いつまで、鳴海事件を放置しておくのか」と書かれてあった。

北原は、後頭部を鈍器で殴られたような衝撃を受けた。

いったい、これは何だ？

文書の大半は、検察庁の内部資料だった。極秘で取り調べた一〇人以上の関係者の検面調書まで揃(そろ)っていた。

その顔ぶれには、現在日本の政治の中枢に身を置いている人物もいる。

北原は、文書を手にしてすぐ小川町の仕事場に戻った。誰の目にも触れさせたくなかったからだ。

そして、三日がかりで精読した後、鳴海事件の捜査指揮を執(と)っていた元検事に会いに行った。彼は、長年、北原の情報源(ネタ元)で、こんなものを送るとしたら彼しか見当がつかなかった。

彼が左遷されてからは、疎遠になっていたが、久しぶりに連絡を取ると、本人は新型コロナウイルスに感染して、帰らぬ人になっていた。

線香をあげに行くのを口実にして、未亡人に文書を見せたが、「こちらが送ったものではない」と相手にされなかった。

今も親しく付き合っている検察関係者は、捜査を担当する特別捜査部機動捜査班の事務官ＯＢだが、彼は故郷の北海道にいる。電話で確認したら、「覚えはないし、ＯＢの間で最近事件が話題に上ったこともない」とそっけなかった。

その段階で、北原は送付者捜しを中断した。そもそも知り合いなら、匿名で送ってこないだろう。

そこで、三日に一人のペースで関係者を訪ね歩いている。

その中には、多数の検察ＯＢや現役の検察幹部もいた。

残念ながら、事件解明のための新たな手がかりは摑めなかった。その一方で、関係者や記者に、北原の動きを知られてしまい、遂には政治部上がりの編集局長の耳にまで届いてしまったのだ。

焦ったところで得るものはない。このまま地道に関係者を訪ね歩くまでだ。

あるいは、〝あの男〟に突撃取材を敢行するか……。

Ｐ担の佐々木恭平から、ショートメールが届いた。

〝夜分失礼します。今晩、お時間戴けませんか？　ご相談したいヤマがありまして〟

第二章　担がれた女

1

　本多と面談した夜、聖は軽井沢プリンスホテルに戻ると、作戦会議に取りかかった。調査担当の碓氷俊哉と健司、さらにデータ分析担当の高月千香ともオンラインで繋がっている。

「総裁選だが、本多さやか先生の選挙参謀を務めることになった」

「マジっすか。俺、結構ファンなんすよねえ」

　健司が最初に反応した。

〝まあ、おまえはマザコンだから当然だな。けど、聖さんは、以前に参謀を務めた新垣を推すと思ってたのに〟

　千香が突っ込む。千香は、「本職は、パンクロッカー」と自称するだけあって、短髪をピンクに染めて、自分たちのバンド名をプリントしたTシャツ姿だ。

　感情の起伏が激しいのだが、仕事はムラなくカンペキで、必要とあらばハッキングも厭わない凄腕だった。

「あの時は、色々事情があったんでな。俺が、あのオッサンとは合わないのは、千香も知ってるだろう」

〝でも、本多さやかみたいなカマトトオバさんはねぇ〟

「なんだ、嫌いなのか」

〝嫌いですらない。あんな、ザ・セレブは住む世界が違うんで。それより私が意外だったのは、本多なんて、楽勝じゃね？　てこと。特に派閥解散後は、人気はうなぎ登りだし〟

不可能を可能にしてこそ「当確師」というのが、聖の口癖なのを知っている千香の指摘は間違っていない。

〝総理じゃないんだったら、ネズミとか行くのかと思ったのに〟

「それは、私も同感です」

碓氷が静かに言った。彼は、聖と根津が腐れ縁なのを知っている。碓氷は、衆議院議員秘書を務めた後、政治家や選挙動向の調査のエキスパートだった。

聖とは選挙コンサルタントとして活動を始めた時からの付き合いで、六本木(ろっぽんぎ)に「聖事務所」を設立した時に、取締役調査本部長として迎え入れた。

どこにでもいて、次に会っても顔も覚えられていないような平凡な印象を大切にしている碓氷は、この日もくたびれたグレーのスーツに同色系のネクタイまで締めている。

「俺も、根津推しでやりたかったんだが、本人が、俺の手助けなんぞ不要と言うんだからどうしようもない。

で、千香、まずは派閥解散後の民自党の勢力図を教えてくれ」

〝新垣派以外、民自党内全ての派閥が解散したけど、実質は、まだ緩い状態で旧派閥は連携しているのが、現状。

派閥から距離を置き、新しい政策集団を模索している議員は、全体の三分の一程度だ。

一方、総裁派閥である新垣派は、現在約六〇人が所属している〟

派閥解散前は、六五人だったから、五人しか減っていない。さすがに総理の派閥だけに、寄らば大樹の陰を決め込んでいるのだろうか。

〝一方で、元々は九九人を抱える最大派閥だった立志会は、現在いくつかのグループに分かれている。そのうち一番大きい規模が本多の所属する『勉強会』というグループ。ここにはさらに他派閥のメンバーもいるらしい。尤も、水面下では色々あるんだと思うけど、私の方では摑めていない〟

こういう状況になるとネット上での調査では、現況把握が難しい。

「俊哉の方の調べはどうだ？」

「現状だと、新垣と本多の一騎打ちの様相ですが、旧立志会系の静村先生や谷水先生なんかも、検討しているという噂はありますね。もし、彼らのいずれかでも立てば、本多勢は劣勢になりますね」

静村誠司総務大臣は、立志会の将来を担うホープとして期待を集めており、最も総理に近い男と目されていた。後輩の本多が出馬したら、彼は意地でも立つだろうと考えられている。

谷水邦生は、国対委員長や総務会長を歴任した立志会のベテランで、世代交代を嫌う六〇代以上の議員らの支持を集めているらしい。

「河嶋派は、解散しても根津推しをするんだろうか」

河嶋派は、財政再建や産業の活性化などの政策を訴える河嶋幸三の人徳で結束力が高いが、既に河嶋は、今期限りで引退を表明している。

そのため、同派に属する根津を担ぐ動きがある。しかし、根津を推すのに難色を示している議員も多く、新垣、本多の敵ではないと、碓氷は分析している。

「だからこそ、聖さんが付くのかと思ったんですがね」

〝いずれにしても聖さん、総裁選は楽しみだよね。いつもみたいに告示後は何もできないのと違って、決選投票まで関われるから、チョーヤバいこともやりたい放題できそう〟

千香が早くも興奮しているが、それは聖も同様だった。

日本の公職選挙法では、選挙コンサルは、告示後は候補者をサポートできない。そのため、アドバイスや様々な工作も、告示日前日で終了となる。それだけに、候補者が聖のアドバイスを守らない場合などは、修復ができないこともある。

それに比べると、民自党という政党内のトップを決める総裁選は、やりたい放題、すなわちバトルロワイヤルが繰り広げられるし、カネも乱れ飛ぶ。

おそらく今回は、稀に見る激戦が繰り広げられるに違いない。

「それから、総理はかなりの危機感を抱いています」

碓氷が新垣陣営についての現状報告を始めた。

「苦労人だからな」

「今回の総裁選では早野（はやの）が選挙参謀を務めているようです」

官房長官を務める早野遼三（りょうぞう）は、「新垣の後継者」と自称している。

「総理が、早野を重用する理由が分からんな」

「血気盛んな青年将校だからですよ。新垣さんは単細胞が好きですから。それと不安の裏返しですかね」

新垣の側近には、財務大臣を務める多田野道則（ただのみちのり）という知将がいる。早野と同じ当選五回の若手だが、ケンブリッジ大学で博士号を取得した俊英だった。

いずれ新垣の跡を襲うのは彼だろうと聖は予想している。

権謀術数の軍師より、突撃隊長をそばに置きたいというのは、新垣の不安の表れだろう。

「多田野が、こっちに寝返ってくれないかな」

「それはないでしょう。彼は本多先生と相性が悪いようです。彼が総裁選に関与しないのは、財務大臣の仕事が楽しくて仕方がないからですね」

「ちなみに総理は、関西の財界を中心に猛烈にカネを集めているらしいです。おそらく新垣さんは、そのカネを元手に、多数派工作をするのでは？」

「ニッカ、サントリー、オールドパー時代の復活か」

一九六四年の民自党の総裁選挙に於(お)いて、その言葉が、永田町内で飛び交った。

当時の選挙は三人の有力候補がおり、「ニッカ」が「二派から金銭をもらう」、「サントリー」が「三派から金銭をもらう」、「オールドパー」が「各派から金銭をもらう」という意味の隠語として用いられたのだ。尤も「オールドパー」には、別の解釈もある。「全派閥からカネを受け取りながら、全ての約束を反故(パー)にする」という強者の意だ。

当時とは政治資金に関しての法律が異なるから、近年の総裁選では露骨なカネのバラマキは行われていない。

だが、新垣は良くも悪くも「昭和の男」だ。旧態依然とした戦法を取るのは充分にあり得る。

パソコンで古いＦ１レースの映像を観(み)ていた健司に、「出かけるぞ」と声をかけた。

「ラーメン、ですか」

「バカ、仕事だ！」

2

「日本の将来を有権者の一％の人が選ぶというのは、問題だと、私は考えています。そこで総裁選には全有権者が参加すべきだという提案をしたいと思いました」

東西新聞の民自党総裁選挙班の顔合わせで、折原が発言した。

午後九時、編集局の第二会議室に顔を揃えたのは、キャップの鳥山以外に六人。政治部が二人、社会部が三人、世論調査部が一人という顔ぶれだ。総裁選の取材班だから、本来なら政治部記者がズラリと顔を揃えるのだが、このチームの目的はそれとは別だ。彼らは、社会的な視座から総裁選を読者に伝えるために集められた。

皆、東京本社の精鋭で、輝かしい実績を有しているか将来を嘱望されている。そんな中、思いがけず、この一員に混ざってしまった折原は、既に存在が浮いている。

「首相公選制、ですか」

政治部民自党担当の曽野田慧の一言一句が冷たく響いた。先輩なのに丁寧な口調が怖い。

「そういう主張をされている政治評論家にも会ってきましたが、それより早稲田大学の陸奥教授の案の方が面白いと思いました」

実質的には次期総理を決める与党の総裁選挙は、国民の負託を受けるべきで、党員でなくても、選挙登録すれば誰でも投票できるというユニークな試案だ。

「国民が与党の総裁を選ぶという彼の構想は、斬新だよね」

野党担当の栗山が助け船を出してくれたので、折原は思いきって話を進めた。

「東西新聞と陸奥教授とで、実際に非党員を含めた紙上投票をするというのは、面白いのではないでしょうか」

「いかにも素人っぽい発想ですね。党員が総裁を選ぶのは、世界共通です。それに異を唱える声は少数派だし、そんなふざけた制度を認めたら、政党政治は終わる。第一、野党が許さないでしょう」

「折原君の感覚こそ、社会部の存在意義なのかも知れないね。実は、以前に陸奥教授とは、紙上シミュレーションをやってみないかと盛り上がったこともある。この企画、案外、いいんじゃないかな」

世論調査部に籍を置くベテランの小丸光顕（こまるみつあき）が、折原の提案を支持したのは意外だった。

「折原君は陸奥教授には接触しているのか」

「いえ、まだです。ゴーサインが出たらと思っていました」

「折ちゃん、じゃあ私もお手伝いするよ」

小丸が、天使に見えた。

「折原君には、もう一つ、取材を頼みたい。『当確師』への密着取材も頼む」

鳥山の指示に出席者の皆が驚いている。だが、折原は「当確師」など初耳だった。

折原が、「当確師」とは何かと尋ねると、栗山が簡単にレクチャーしてくれた。

当選確率九九％以上の選挙コンサルタント？

「あの、そんな方の密着なんて、私には無理では？　公選制と両立して取材するのは難しいと思います」

「じゃあ、公選制は僕がメインで、折ちゃんは、サブについてくれればいいよ」

小丸はいとも簡単に言う。いえ、それは私が発案したんですけどと言いかけたが、それより先に、鳥山が「小丸さん、助かります。じゃあ、あとで資料渡すから、明日にでも挨拶に行ってくれるか」と言って、まとめてしまった。

「キャップ、私以外の方はダメですか」

「密着は女性記者で、っていうのが聖さんの条件なんだよ」

それじゃあ、セクハラだと抗議したかったが、折原以外は誰も違和感を抱いていないらしく、早々に次の議題に移ってしまった。

3

佐々木が北原の部屋を訪ねると、強烈なタバコの臭いに包まれた。

社内屈指のヘビースモーカーである北原も、本社内では極力喫煙を控えている。その反動か、プライベートの空間は煙が充満している。尤も佐々木は、すっかり慣れてしまった。

「お疲れ様です。今夜は、僕だけですか」

「今のところはな」

広いリビングには、大抵は社会部の記者の誰かがいて、北原と話し込んでいるが、今日は誰もいない。

「差し入れ持ってきました」

スナック菓子と、北原の好物のたこ焼きを差し出した。

「おっ、気が利くなあ。晩メシ食べ損ねたんで、助かるよ」

嬉(うれ)しそうに、たこ焼きに楊枝を刺す北原を横目に、佐々木は冷蔵庫から、缶ビールと缶ハイボールを取り出した。

既にたこ焼きは、北原の口に放り込まれている。

「『タコ徹(てつ)』は、やっぱり一番旨いな」

「そりゃあ、教えを請(こ)うんですから、上等な賄賂を提供するのは当然ですよ」

「たこ焼きが賄賂というのも悲しいが、許す。で、相談って何だ？」

佐々木は、ネタ元から得た情報を詳細に伝えた。

「ターゲットが分からないってのは、キツいなあ。ガセじゃないのか」

黙って説明を聞いた後、北原は容赦なく言った。

「民自党の総裁候補の一人だっていうんですが」

「ますますウソっぽいよ。検察は、そういうタイミングでは、国会議員に触れない」

その程度の「常識」は知っているつもりだが、佐々木としてはこのネタは、捨てられない。

「杉田(すぎた)には、相談したのか」

「まだです」

これみよがしにため息をつかれた。

杉田政志(まさし)は、司法担当のキャップだ。彼は慎重派で、スピード勝負の特ダネより、時間をかけた記事を求める。スクープに血道を上げる佐々木とはそりが合わない。

「おまえは、チームプレイができないタイプか」

「そうではありませんが、特ダネを嫌う人とは合わないんです」

「今、いくつだ？」

「今年で、三〇です」

「それで、無聊を託つのか」

反論しかけたら、北原に止められた。

「君は、俺に何を期待しているんだ」

「特捜部が誰を狙っているのか、北原さんの人脈で探って戴くわけにはいきませんか」

上は検事総長から、特捜部長まで北原には、検察庁に大勢の〝シンパ〟がいると聞いている。

「おまえには、羞恥心がないのか」

「ありません」

「生まれてきた時代を間違えたな。悪いが、そんな相談には乗れない。もうここに来るな」

思いがけず冷たい対応をされたが、引き下がるわけにはいかない。

「いえ、何度でも伺います。私は羞恥心を持つほど立派な記者ではありません。ネタの臭いをかいだら恥も外聞も捨てて、とことん突き進むことしか能のない二流記者です。罵倒されても、出禁喰らっても引き下がるわけにはいきません。ですから、北原さん、ご支援を戴けないならアドバイスを下さい」

たこ焼きを食べ終えた北原は、タバコに火を点した。

「法務省前の歩道から、九階のあかりはどうだ？」

それは特捜部のフロアで、法務省内でこのフロアだけは記者の立ち入りが禁じられている。だから検察担当の記者は、向かいの道から部屋のあかりを見て、検事の在室を推量する。

「毎晩、午後八時には、全て消灯しています」

「二人いる副部長の担当事件は、把握できているか」

「曳田(ひきた)さんは、例の持続化給付金詐欺の余罪追及を指揮しています。辻山(つじやま)さんは、休暇中だそうです」

「辻山が休暇を取っただと?」

「検察庁も働き方改革推進のために、有休消化を奨励しており、その一環で、休暇を強制的に一週間取らせたと、次長は説明しています」

「辻山の経歴を知っているか」

そう言われると、自信がない。

「えっと、少し前に厚労省汚職の主任を、そして環境大臣の受託収賄事件で取り調べ担当をした方ですよね」

「あいつは、国会議員を逮捕するのが検事の本分と豪語する国会議員キラーだ。そして、時代遅れのワーカホリックで、親が死んでも休暇なんて取らない」

「もしかして、休暇と称して、別の場所で内偵捜査をしていると?」

「辻山以外に、有給休暇中の特捜検事はいるのか」

「把握していません。明日の朝一で調べます」

いてもたってもいられなくなった。

「貴重なサジェスチョンありがとうございます。必ず、このネタをものにします」

ビールの残りを一気飲みして立ち上がった。

「いや、まだ帰るな。おまえに協力して欲しいことがあるんだ」

4

深夜、軽井沢の本多が滞在する貸しロッジ周辺は人気がなく、ロッジのあかりが周囲を照らしていた。

広いリビングルームで待っていた本多のそばには、政策秘書の天草洋人が控えている。

しきりに縁なし眼鏡に触れる天草は、影が薄い。本多の従姉の息子らしいが、個人情報に乏しく、分かっているのは、東京・目白の出身で、幼稚舎から慶應義塾で、大学で政治学を学んだ後、プリンストン大学に留学経験がある程度だ。留学後から、ずっと本多事務所のスタッフとして勤務し、その後政策担当秘書資格試験に合格して、現在に至っている。

「急にお呼びだてして申し訳ありません」

自身でジャスミンティーを注ぎながら、本多が詫びた。夕方、〝今日中にお会いして相談したいことがあります〟というメッセージが来ていた。

「今日の午後、突然、静村先生がいらして、総裁選に出馬するので、選挙参謀を務めて欲しいと頼まれました」

静村は今回は出馬せず、新垣を支持すると聞いていていた。

「おそらくは、私の胸中を探りにいらしたんでしょう」

「何とお答えになったんですか」

「考えるところがあって、お引き受けできないと」

ここが本多の性格なんだろう。「畏まりました！」とウソをつけない。

「すると、君が総裁選出馬の準備を進めているという噂は、本当だったんだね、と詰め寄られましたので、支持者が集まるのならば、と答えました」

本多は新垣政権の重要閣僚を務めているため、出馬表明は、ギリギリまで控える方向で取り決めていた。

静村はそこに揺さぶりを掛けてきたわけだ。

「それで、ご立腹されて。自分を差し置いて、そんな裏切り行為をするのか、と」

ちっこい男だな。だが、彼の一存ではなく、新垣が差し向けたのかも知れない。

新垣としては、本多に早く出馬表明させ、「重要閣僚として自覚が足りない」と批判したいのだろう。

「先生の出馬が、静村先生に対する裏切り行為というのは、単なる言いがかりです。気になさらないで下さい」

「最初は、私もそう考えました。ところが、静村先生がお帰りになって暫くしたら、今度は、官房長官からお電話があって、外務大臣としての自覚を持った行動をするようにとお叱りを受けました」

官房長官の早野遼三は、総理の威光を笠に着て高圧的な態度をするのが好きらしい。

「さらに、旧立志会でお世話になった先輩方からも電話が続いたので、聖さんにご相談した方がよいと思いまして」

「つまり、予定より早く出馬表明をなさりたいと?」

「いけませんか」

「風当たりが強くなりますよ」

「覚悟の上です」

軽はずみに決断したわけではないというのは、彼女の態度を見ていれば分かる。

「外務大臣は、どうなさいますか」

「続けます」

「辞任を迫られる可能性がありますよ」

「総理から、更迭された時に素直に従います。ですが、官房長官に恫喝(どうかつ)されても、辞める気はありません。総裁選が終わるまで、職責を全うしたいと思います。

特に今は、対米、対中、さらにはガザやウクライナ問題が重要な局面にあります。ある程度目処(めど)が付くまでは、放り出すような無責任な真似(まね)はできません」

ならば、議論の余地はない。

「分かりました。では、戦略をご提案しますので、お時間を戴けますか」

「よろしくお願いします」

本多は、立ち上がり丁寧に頭を下げた。

5

北原が厚い封筒を取り出してきた。

「ある日、差出人不明で俺の社のデスクに届けられた文書だ」

渡されたのだから読んでよいと理解して、佐々木は文書を引き出した。

いきなり目に飛び込んできた太い毛筆文字に佐々木は「えっ⁉」と声を上げてしまった。

ほとんどが、検察庁の内部資料のコピーだった。

つまり、検察OBが送りつけてきたってことか。

「鳴海匡という元財相を知ってるか」

「二二年前に、四二歳で民自党の総裁選挙に初出馬し、周囲の予想を上回る得票を得ながら、謎の死を遂げた人物ですよね」

佐々木は、先ほど仕入れたばかりの情報を口にした。

「やけに詳しいな」

「実は今晩、暁光で親しくしている記者から、二二年前の事件の概要を聞きました。おまけに最近、北原さんが、改めて取材をしているのではと探りを入れられたんです」

「水割りか、ロックでいくか」

資料をめくる佐々木に、北原が聞いてきた。今夜は長丁場になりそうだ。

「すみません。水割り、いただきます。ちなみにこれは、いつ届いたんですか」

「四月だ」

既に四ヶ月が経過している。

「検察庁の内部文書っぽいですが、差出人にはまったく心当たりはないんですか」

「ない。思いつく相手に片っ端から連絡してみたが、全部空振りだ。該当者のヒントすら摑めなかった」

「この中に新事実は、あるんですか」

「鳴海の犯行を裏付ける決定的な証拠はなかった。だが、現在に繋がる新事実はあったんだ」

北原は文書の束から数枚の検面調書を抜き出した。現役の大物政治家の名が複数ある。

「凄い顔ぶれですね」

「もしかしたら、ロッキード事件やリクルート事件に匹敵するような大疑獄に発展した可能性があったかも知れないのに、鳴海の急死で事件は終わったと早合点してしまった。若手記者に、簡単に諦めるな、どこまでも真実を追い求めよ、と偉そうな口を叩いてこのザマだ」

「これ、今からでも遅くないでしょう」

「興味あるか」

「滅茶苦茶あります！」

佐々木は、空になったグラスを割ってしまいそうなほど握りしめていた。

「さっきある議員の民自党の総裁選の出馬表明のニュースを観て、検面調書にある議員の幾人かが、今回の総裁選に関係しているのに気づいた」

言われてみれば、そうだった。本人が出馬するわけではなくても、総裁選に大きな影響を与えようとしている人物が、取り調べられた議員の中にいる。

「ニュースには映っていなかったが、あの時俺がマークしていた男も必ず関わる」

「誰ですか」

「聖達磨、当確師って聞いたことないか」

6

軽井沢プリンスホテルに戻ると、リビングはきれいに片付けられている。

そして、テーブルには、赤ワインとグラス、水の入ったボトル、スモークしたナッツという準備も整えられている。碓氷らしい気遣いだ。

「ありがたい！　感謝感激だな」

赤ワインは、ミシェル・マニャンのモレ・サン・ドニ・プルミエ・クリュ・クリマ・ドールの二〇一六年物だった。四つの一級畑のブドウをブレンドしたもので、重すぎず軽すぎずの絶妙なバランスの良さが魅力だった。

手際よく碓氷が抜栓した。

四〇代までは、深夜の酒はウイスキーと決めていたのだが、五〇を過ぎてからは、ワインを選ぶようになった。

いつもなら労い（ねぎらい）の寝酒となるのだが、今夜はこれから厄介な話が始まる。

話題は、鳴海匡の一件だった。

「東西新聞の北原が、鳴海さんの事件の再取材を始めているのは、間違いありません。既に三ヶ月以上、検察関係者を中心に、精力的に取材を続けています」

死から二二年も経過した今、ジャーナリストが過去を掘り起こそうとしている。

「奴は、上層部と衝突して左遷された上に、酒に溺れて腑抜けになっていたんじゃなかったのか」

「二年前までは、そうでした。ですが、例のＩＲ事件で成果を上げ、現場に復帰したそうです」

「所詮、管理職だろ。そんなポジションで自由に取材活動なんかできるのか」

「なんでも、『退職前に、一冊本を書きたくて古い事件を再取材している』と言って回ってるそうですよ」

「だが、違うんだろ」

「取材を受けた関係者らは、明らかにスクープ取材をしているような印象だったと、言ってました」

　これが二流のライターあたりなら気にもしなかった。だが、視界に入るものは何一つ見逃さないと言わんばかりのあの北原が動いているなら警戒しなければ。

「なぜ、俺のところに来ないんだ」

　そもそも鳴海の事件を再調査したければ、何より元政策秘書の聖達磨に会いに来ればいい。なのに、気配すらない。

「里美さんにも接触していたということは、彼女は情報源ではないんだな」

　鳴海の公設第二秘書だった倉山の妻の里美が、密かに夫から預かった重要書類を隠し持っていて、それを北原に渡したのではないかと疑った。

　だから、聖は先月、適当な理由をつくって里美に会いに行ったが、そんなそぶりを見せなかった。

　そうしたら、三日前に里美の訃報が届いたのだ。

「やっぱり、葬儀には行くべきだったかな」

「そんな余裕がどこにあったんですか。それに、もし聖さんに託したい物があれば、いずれご子息から連絡が来るでしょう」

　表情に乏しい息子、幹人の顔が浮かんだ。

　夫を失ってから、二人の子どものために生きてきた里美だった。なのに、ようやく一息ついた時にコロナに斃れた。

「北原は、鳴海さん以外に検察の聴取を受けた国会議員がいたはずだと、執拗に尋ねたそうです。それで新垣総理、東大路氏、そして河嶋さんなどの名を挙げたとか」

　今や堂々たる大物の名ばかりだ。そして、あの当時、彼らが検察から取り調べられていたとしたら、それは「カビの生えた事件」ではなく、「今そこにあるスキャンダル」になる。

「よりによって総裁選直前に、そんな記事が出たら、大騒ぎになるぞ」

「それが、北原の狙いかも知れませんね」

権力者への忖度など、一向に気にしない北原なら、総裁選告示日にスクープをぶつけるぐらいはやりかねない。

「だが、俺は何も知らない」

「果たして、北原がそう思っているかどうかですね。いずれ、最悪のタイミングで我々の前に彼が現れることは考えておくべきですよ」

「ったく厄介な話だ」

「杉森さんからは、あれから何かありましたか」

鳴海の「番頭」だった杉森にも、聖は先月会っている。北原が接触したらしく、向こうから連絡がきたのだ。杉森は、「自分は何も知らない」と言った。

「杉森さんは、本当に何も知らないんですか」

「そんなわけがないだろう。そもそもあの人は、鳴海先生の手を汚さないためなら何でもやってきたんだ。あの一件に関与していないなんて考えられない」

聖が特捜部が動いていると伝えた日に、杉森は手元にあった「ヤバイ証拠」を全て焼却したと言っていた。その言葉にウソはない気がした。彼はそれまでも表沙汰にできない行為を裏付けるものは徹底的に処分してきたからだ。

「検察庁であの事件について、一番詳しいのは、誰だ」

「私の調べたところでは、当時の特捜部長と副部長ですが、いずれも鬼籍に入っています。あとは、主任検事ですね」

「そいつは、生きているのか」

「ええ。現在の検事総長です」

7

翌日、本多は民自党総裁選挙に出馬すると発表した。

会見では、慶應義塾大学医学部で学んでいる娘のマリもコメントした。

「私は、日本の未来にとても不安を感じています。母は、未来に希望を与える政治の実現を目指しています。なので、私もしっかり応援していきたい」

聖や母が「作文」したのではなく、マリ自身が考えた発言は、その日の夜のニュースでも取り上げられ、SNSではトレンド入りした。

会見に先立ち、本多は官邸に赴き、総裁選出馬の意向を新垣に伝えた。その際、総裁選中も外相は続けたいが、進退は総理に委ねると伝えた。

第三章　頼まれた男

1

軽井沢駅の北側にある矢ヶ崎公園は、浅間山の眺望が素晴らしく、池を囲む遊歩道の散策がおすすめだとガイドブックには書かれている。

早朝、聖は、軽井沢プリンスホテルを出て、公園を目指した。

昨夜、午前二時にメールを送ってきた男と会うためだ。

軽井沢の朝は、盛夏といえども、涼しく過ごしやすい。

ぶらぶらと歩いて営業前のアウトレット・モールを抜け、軽井沢駅の地下道を潜った。愛犬と散歩する人やランナーなど、見るからに健康的な人が、早朝にもかかわらず往来している。

待ち合わせに指定されたのは〝浅間山が正面に望める池の畔にある石のベンチ〟。そこに肥満体型の男が背中を丸めて座っていた。

男の足元には、鴨やハトが群がっている。男が食パンをちぎってまいているのだ。

「焼き鳥好きの罪滅ぼしか」

「思ったよりは、早かったね」

「俺は、パンクチュアルな男だ」

大学時代からの腐れ縁は、何でも知っている。

湯浅佳親は、聖や根津と共に学生時代、憂国の士として日本の未来を熱く語り合った仲間だ。血の気の多い連中とは一線を画して事務方に徹した湯浅は、激論の数日後にようやく意見を口にするようなおっとりタイプだった。

大学卒業後は地元の山形に戻って、家業の温泉旅館を手伝っていたのに、根津が初出馬をするなり、東京に飛んできた。

以来、縁の下の力持ちとして、根津の公設第一秘書を務めている。

仲間内では、湯浅は今も根津を「幸ちゃん」と呼ぶ。

「幸ちゃんは、落ち込んでいるよ」

「あいつが、落ち込むタマか」

「知ってるだろう。ああ見えて、傷つきやすいんだ」

「断ったのはあいつの方だ。俺は、無料奉仕でも引き受けてやると言ったのに」

「それで、本多さやか、なわけ?」

湯浅の大きな出目が、こちらに向けられた。

「湯浅、本多先生のこと、よく知ってるのか」

「出馬表明したら、楽勝の候補のアドバイザーなんてダルさんらしくない」

聖は達磨だから、「ダルさん」だった。

「楽勝だと⁉　おまえ、新垣をみくびってるぞ。今のままなら、再選は堅い」

「でも、日本の閉塞感を打破できるのは、幸ちゃんしかいないのでは?」

「俺も、そう思うよ。だが、あいつにその気がないんだから、しょうがないだろ。で、用件は何なんだ」

「幸ちゃんが、決意を固めようとしている。だから、助けて欲しい」

「固めようとしているというのは、まだ、決断していないという意味だろ」

「ダルさんが、選挙参謀になってくれると約束してくれたら、決断する」

「もう遅いよ。それに、俺に助けて欲しいくせに、本人は来ないのか」

まだ根津は決断できずにいるに違いない。

だからこいつは俺を引きずり込んで、根津の背中を押させたいのだ。

「俺に依頼するなら、二億だ」

「冗談でしょ」

「俺は既に、本多先生の選挙参謀として契約を済ませているんだ。それを反故にするなら、最低でも二億は必要なんだよ」

湯浅は大きなため息をついて、頭を抱えた。

池の向こうに聳える浅間山は、夏の太陽を受けて輝いている。威風堂々とした風格、根津に浅間山のような風格があればな……。

「なあ、旧河嶋派で、本多先生を支援しないか。そうしたら、ネズミを財務大臣か、経済再生担当大臣にしてやるよ」

秘書にそんな権限はないが、本多に提案するぐらいはできるだろう。

「派閥は解散したんだ。そんな安直に旧河嶋派まるごと動かすなんて無理だよ。もし、結束するとしたら、〝根津推し〟以外、ありえない」

「だったら二度と連絡してくんな。俺は忙しいんだ」

2

その朝、高円寺のスポーツジムで、佐々木は目当ての男を見つけた。急いで着替えをして、男がジョギングしている隣のトレッドミルに乗った。

ジムは盛況だった。この時間帯は、ここで三〇分ほど汗を流し、シャワーを浴びて出勤するというかにも意識高い系の会員ばかりだ。

東京地検総務課係長の村瀬和斗は、週に三日以上通っている。

検察担当になった時、佐々木は、全ての部署に挨拶に回った。特捜部が入る九、一〇階の各フロアは立入禁止だったが、咎められない限り、どこでも入って行っては、名刺交換をして歩いた。

特に、広報も兼ねている総務課は、よく出入りして顔を売った。そして、共通の趣味で急接近したのが、村瀬だった。

趣味というのは、鉄道模型のNゲージだった。

佐々木の自慢は、1LDKのリビングに作ったジオラマだ。スイスの登山鉄道を再現し、アルプスの氷河特急を走らせている。

その動画を、村瀬に見せた。すると、彼は感動して、自身のジオラマの映像を見せてくれた。信越本線の軽井沢―横川間のジオラマで、電化以前のアプト式を再現しているスグレモノだった。

アプト式とは、レールの間にラックレールという歯形のレールを敷き、車輛の床下に設置された歯車（ピニオン）と嚙み合わせることで急勾配を走る方式を言う。現在でも、大井川鐵道井川線で採用されている。

村瀬が汗だくになってトレッドミルを終えたタイミングで、佐々木は声をかけた。

「おはようございます」

「えっ！　どうして佐々木さんがいるわけ?」

「僕もメンバーなんですよ」

「佐々木さんちは門仲（門前仲町）でしょ、引っ越したの?」

「いや、会社の出先が近くにあって時々、そこに泊まるんですよ」

「今まで、一度も会ったことないよね」

「ここは、今朝が初めてです。そしたら、村瀬さんがいるんで、びっくりしました」

下手なウソだが、村瀬は信じてくれたようだ。

「もう上がりですか」

「まだ、三〇分ぐらい筋トレするつもり」

「それ終わったら、朝ご飯行きませんか」

「朝は、青汁とプロテインって決めてるから」

それは、想定外だった。

「実は、先日、村瀬さんが探しているっていうレア物を持っている人を見つけましてね。写真撮ってきたんで、見て欲しいんですよ」

「えっ、そうなのか。じゃあ、あと一五分で上がるよ」

村瀬が筋トレに取りかかると、佐々木は、一〇分ぐらいジョギングの真似事をしてシャワーを浴びた。

ラウンジでコーヒーを飲んでいたら、通勤服に着替えた村瀬が来た。

「で、レア物って?」

佐々木は、スマホを見せた。

「おお! 181系あさま!」

父のコレクションから撮ってきた181系の特急「あさま」だった。

「未開封です」

鉄道模型にも、中古市場があるのだが、マニアは未開封の物しか相手にしない。元々、生産台数が少ないため、大抵の車輛は、発売直後には売り切れてしまうので、未開封の新古品を探すしかなくなる。もちろん、高騰している。

「どこで見つけたの?」

「それは内緒です。僕にNゲージの楽しさを教えてくれた師匠筋とだけ言っておきます」

「これ、いくら? 今なら軽く二〇万円はするでしょ」

「交渉次第ですね。僕、その人に、大きな貸しがありまして、何とか半額にしてもらえるように頼もうかと思っているんです」

実際は父から無料で譲ってもらったのだが、無料で村瀬に渡すと、「賄賂」になる。だから、安く買ってもらうのが、得策だった。

「マジか! 買うよ!」

村瀬は、長野県篠ノ井(しののい)出身で、小学生時代に、当時上野(うえの)―直江津(なおえつ)間を走っていた特急「あさま」に乗車したことがあるという。さすがにアプト式時代の列車の乗車経験はないのだが、祖父や父から当時の話を聞いて、ジオラマを作ったと聞いた。

彼としては、そこに想い出の特急電車「あさま」を走らせたいのだが、現在は生産終了しており、オークション市場では、二〇万円以上の値が付いていた。

どうにかして安価で入手する方法を探っているんだと、村瀬が話していたのを佐々木は憶えていたのだ。

これは自分の檀家（情報源）にする絶好のチャンスである。佐々木は墨田区内の実家に行って、父から「あさま」の模型を譲ってもらった。幸運にも父は、購入したが未開封のまま保管していたのだ。

「で、実は、お願いがあるんですが」

「企業秘密は、しゃべらないよ」

「今、社で働き方改革の現状ってのを特集企画でやることになってまして、僕は検察庁の実態を調べよというお達しでしてね。

ほらあのワーカホリックの特捜副部長の辻山さんをはじめ、今、無理矢理休みを取らされている方に、休み明けに取材をお願いしようと考えているんです」

「それは、次席に頼んで欲しいな」

「次席には、辻山さんへの取材のお願いをしているんです。ところが上は、もう少し取材者を増やせっていうんですよ。で、お願いってのは、今、働き方改革で休暇を取っている検事さんを教えて欲しいんですよ」

「佐々木さんたちも大変だなあ。まあ、その程度ならいいけどね。本当に、働き方改革の実態を特集するんだよね」

「そうですよ。だから、ちょっと協力してもらえませんか。そうしたら、『あさま』を一〇万円で、譲ってもらう交渉頑張りますから」

村瀬は、暫く考えた上で、「分かった」と言った。

3

お盆期間を利用した軽井沢でのセミナーウイークも終わり、国会議員の大移動が始まった。それに合わせて、聖も碓氷と共に東京に向かった。

「ちょっと、イヤな動きがあります」

健司がレクサスを発進させると、碓氷がタブレット端末を見せた。

〝美魔女大臣、総裁選出馬へ〟という見出しと共に、前文科大臣で、現在は民自党政調会長を務める九重薫の美しい顔写真が掲載されている。

「新垣のオッサンは、良いタマを引っ張り出してきたな」

九重は元華族の出身で、祖父は元貴族院議長、父は官房長官や自治大臣などを歴任する名士である。

九重は、奈良女子大学理学部を卒業後、京都大学大学院で博士号を取得した。専攻は、数学の確率論。元々は、政治に興味がなかったようだが、英国の名門大学インペリアル・カレッジ・ロンドン(ICL)に留学して、政治に目覚めたのだという。

さらにそこで英国独特の政治風土にも感化され、帰国後、父の秘書となった。

母方の郷里である京都市内の選挙区から立候補し、既に当選五回を数える。知的な美貌と五〇代には見えない若々しさも魅力で、メディアでの受けも抜群だった。

「九重先生が出馬したら、メディアは、本多先生との美女対決と囃し立てるだろう。そして、二人を徹底比較すると、九重さんの方に軍配があがる。新垣の考えそうなことだ」

容貌やバックグラウンドは、甲乙付けがたい。だが、九重は「色気」と「男性への気遣い」が抜群で、民自党員の大部分を占める六〇代以上の男性党員に圧倒的な人気がある。

一方の本多は、二〇代から四〇代までは支持を広げているが、いかんせん、その世代は、民自党支持者が少ない。

彼女の場合は、九重とは逆で、時に議論で男性を論破し、女性の社会進出を訴える姿勢を崩さない。その結果、彼女を「苦手」とか「生意気」だと考える男性が多いのだ。

そして、国会議員は、若手の本多の首相就任は、自分たちの栄達に翳りをもたらすと懸念している。

「民自党支持者層の好みを考えると、九重先生は、強敵だな。本多先生が、正論を貫き若者に希望をと訴えれば訴えるほど、コンサバな党員や国会議員は、九重に傾くだろうな」

「総理にまで手が届きますかね？」

「それはない。だが、女性候補者への票が二分され、その分、新垣総理の再選が確実になる。下手をすれば、九重先生が二位に滑り込む可能性だってあるぞ」

碓氷は渋い顔をしているが、それが日本の政治の現実であることは、重々承知しているだろう。

「とにかく、難敵出現ですね」

ため息まじりに碓氷は言った。

「静村先生は、動くかもしれんなあ」

年下のライバルに先を越されたのだ。もう新垣を支持している場合じゃないと焦っているはずだ。

「根津先生は？」

「どうかな」

今朝、湯浅に会った件は、碓氷には言ってない。

「今回は、根津さんを支援するものだと思っていました」

「まさか。俺が腐れ縁を断ち切れない男に見えるか」

「根津先生は、聖さんの政治信条に一番近い政治家だからですよ」

「信条とビジネスは別問題だ。既にカネももらっている。今さら反故にする気はないよ」

4

折原は、約束より一五分早く六本木ヒルズにある聖達磨事務所を訪れた。

並乃梓（なみのあずさ）という小柄でチャーミングな老婦人が「ちょっと遅れるみたいなの、ごめんなさい」と応対に出た。

通されたのは狭苦しい応接室で、装飾品が何一つない殺風景な部屋だった。そのせいか、折原は妙に緊張してしまった。

並乃がお茶を入れたグラスを、お盆に載せて戻ってきた。

「今日も、朝から暑いでしょう。どうぞ」

「ありがとうございます。あー、生き返りました。あの、少しお話を伺ってもよろしいですか」

「えっ、私に取材なさるの？」

「いえ、取材ではなく、世間話でけっこうなんで」

だったらと、並乃は正面のソファに腰を下ろした。

「聖さんとのお仕事は、長いんですか」

「彼が、平河町にオフィスを構えた時からのつきあいだから、もう二〇年近くなるかしら」

「じゃあ、もう聖さんにはなくてはならない存在なんですね」

「あら、お上手ね」

並乃はまんざらではなさそうに笑った。明らかに折原の母の世代に近いはずだが、なかなかチャーミングだ。

「聖さんは、その時からもう『当確師』と名乗られていたんですか」

「まさか！　あんな大袈裟な肩書きになったのは、一〇年ほど前からよ。それまでは、普通に選挙プロデューサーと称していたわ」

長年事務所に勤務するスタッフですら、「当確」という肩書きを「大袈裟」と考えているのは、興味深かった。

「ちなみに、選挙プランナーと選挙プロデューサーって、どこが違うんですか」

「私に言わせると、同じね。簡単に言えば、立候補者が当選するためにアドバイスしたり、そのためにあれこれ仕掛けをする人よ。選挙仕掛け人っていう方がかっこいいと思って提案したことがあったんだけど、即答で却下されたわ」

「確かに仕掛け人の方が、かっこいいかも。『当確師』って漢字みないと、何者か分からないし、パチンコ屋さんみたい」

「でしょ。でも、彼は『当確師』という肩書きを、とても気に入っているの」

「ちなみに、どういうご縁で、聖さんの事務所で働かれるようになったんですか」

「昔のよしみ。彼と同じ選挙事務所で働いていたの」

確か聖は、鳴海匡という衆議院議員の政策秘書をしていたはずだ。

「並乃さんも、鳴海先生の秘書を務めてらしたということですか」

「単なるお茶くみよ。祖父が、鳴海先生の地元後援会長だったご縁で、秘書専門学校を卒業しても、就職もせず演劇にかぶれていた私を、拾って下さったの」

「鳴海先生と言えば、将来を嘱望されていたのに急死されたんですよね」

「もし、ご存命だったら、今頃凄い総理になってらしたのに……。ダルも辛かったと思う」

いきなり「ダル」という名が飛び出してきて、誰なのか戸惑った。

「ああ、ごめんなさい。ダルって、聖のことよ。名前の字が、達磨(だるま)なので、昔はダルと呼ばれていたの」

その時、並乃のジャケットのポケットで、着信音がした。

「あっ、聖が、地下駐車場に到着したみたいよ」

5

東西新聞の記者の相手をしている最中に、すぐに議員会館に来て欲しいと、本多から連絡が入った。

密着取材だから折原も同行すると言ったが、それは断った。

二〇分後、衆議院第一議員会館に到着すると、本多は政策秘書の天草以外のスタッフを執務室から追い出した。

「何事ですか」

「先ほど総理から、ブリュッセルに行くように命じられました。四日後に始まるNATOの臨時総会に、オブザーバーとして参加するようにと」

北大西洋条約機構（NATO）は、ウクライナ紛争で日本でも周知されるようになったが、欧米三一カ国が結ぶ軍事同盟のことだ。冷戦時代には、ソ連及び東欧諸国の脅威に対する牽制（けんせい）の役割を果たした。冷戦後も、組織は存続し、設立以来本部は、ベルギーのブリュッセルにある。

集団的自衛権を行使できない日本は、加盟国ではない。それが、ロシアのウクライナ侵攻以来、何かと巻き込まれるケースが増えていた。

「なぜ、本多先生なんですか。普通なら、総理か防衛大臣が行くべき案件でしょう」

「元々は、下山（しもやま）防衛大臣が出席する予定だったのですが、今朝、体調不良で緊急入院されたんです」

「それで、あなたにお鉢が回ってきたんですか」

「総理は、政務多忙のため無理ということでした。話がいきなりすぎて、戸惑っています」

「聖さん、これは明らかに選挙妨害ですよ。しかも、あの方は壮健が自慢なんですよ。緊急入院なんて、あり得ません」

天草の冷たい声にも怒りが籠もっている。

それは、邪推でしょうとは言えない。

九重薫の総裁選出馬情報といい、新垣の本多封じはやたらと露骨だ。

「出発はいつです?」

「遅くとも、明後日（あさって）には」

総裁選告示までには、まだ二週間ほどある。

「滞在期間は、どの程度ですか」

「五日間です。現地には二日もいれば充分だと思っていたのですが」

ブリュッセルでは、NATO主要国の国防大臣らとの会談が予定されている。さらに、NATOの総会の後、ドイツ、ポーランドなどを歴訪するスケジュールなのだそうだ。

「天草の推理は当たらずとも遠からず、でしょうか。どう考えても、私を日本から追い出したいという総理の思惑が見え見えです」

とはいえ、彼女は現職の外相であり、防衛問題にも明るい。急病の防衛相の代理としては適任だった。

「そこで、ご相談なんですが、私、辞任しようかと思うのですが」

「外相を辞めるんですか。このタイミングで！」

「総裁選出馬という個人的な理由で、重大な公務を放り出すわけにはいかないので、ギリギリまで続けたいと考えていましたが、ここまで露骨ないやがらせをされると……」

「いや、本多先生、それはダメだ。今、辞表を出したら、それこそ我欲のために、公務を放棄したと叩かれます」

「それでお声がけをしたんです。何か名案はありませんか」

「ここは、しっかり外相として成果を上げることが肝要です。告示まで時間はあります。向こうで多くの有力政治家と会い、外相としての知名度を上げるんです」

そこは素直に本多は、頭を下げ、ヨーロッパでの外交成果を誓った。

「ところで、九重先生は、本当に出馬されるんですか」

「まだ、分かりません」

「民自党の党員からも、先生方も、ああいう方をお望みなのでは」

「そうでしょうか。私は機会公平の社会を実現しなければ、日本の未来はない、というお考えの下、それを実現しようと邁進されている本多先生こそ、総理大臣に相応しいと思いますが」

本多はまっすぐ聖を見つめている。

そして、大きなため息をついた。

「あなたの敵は、あなたご自身です。他の候補のことなんて、お気になさらずに」

6

議員会館のロビーで、聖は名を呼ばれた。

「河嶋先生じゃないですか」

白髪頭の老人が顔中に皺を作って笑っている。河嶋幸三――、民自党最長老の衆議院議員だった。

「ちょうど良いところで会いましたね。ちょっと話せますか」

聖は、河嶋に続いてエレベーターに乗り込んだ。

「本多先生のところに行ってたのか」

同乗者が誰もいないので、河嶋は遠慮がない。

河嶋はエレベーターから降りると、八二歳とは思えない確かな足取りで自室に入った。

足の踏み場もないほど、段ボール箱があちこちに積まれている。

聖が足繁く通っていた時は、もっと整頓されていたし、人の出入りが絶えず、部屋にはいつも何人かの議員がたむろしていた。それが今は、古くから河嶋に仕えている女性秘書以外、誰もいない。

「花さん、ご無沙汰しています」

分厚い眼鏡をした女性が、聖を見て笑顔を返した。

「花さんは、いつ見てもお若い」

「お世辞でも嬉しいわ。おいしいコーヒー淹れましょうね」

部屋は、河嶋の地元である秋田県の特産品や民芸品に溢れていた。ソファに座ると、正面のナマハゲの面に睨まれている気分になる。

「北原という記者を憶えているかね」

「その話ですか。私はてっきりネズミの件かと思いました」

「ああ、それもあったねえ。まあ、本人がグズグズしとるんだから、君が本多先生に行くのは致し方ないでしょう」

パイプをくわえたまましゃべるので、鼻から煙が出ている。

「では、お叱りを受けないんですか」

「私が、君を叱る理由なんてないでしょう」

相変わらず淡泊な人だ。こんな人が、よく三〇年近くも派閥を率いてこられたものだ。

聖と河嶋の付き合いは長い。聖が仕えた鳴海が河嶋派に所属していたからだ。

当時は鳴海も聖も青二才で失敗ばかりして、先輩議員から何度もお叱りを受けた。だが、河嶋から一度も厳しく叱られたことはなかった。

鳴海が腹上死した時は「諸行無常」と一言。特捜部に追い詰められていた時も、河嶋は「そうでを受けたのを知っていました」

「鳴海君の事件を調べ直していると接触してきたんですよ。当時、私が特捜部から任意で取り調べを受けたのを知っていました」

総裁選挙の際の選挙資金として、投資ファンドの社長、森原直澄から一億円のヤミ献金を受けたというのが、鳴海への容疑だった。

「あれは、本当の話だったんですか」

「ええ。森原から、私にもカネが流れていたのではないかと疑われました」

知らなかった……。鳴海が急死し、続いて事件の鍵を握る倉山が自殺し、捜査は暗礁に乗り上げ、追及が収まった。

聖は倉山の葬儀直後に東京から離れ、実家の寺に籠もっていた。

聖の知らないところで行われていた鳴海の裏切りが許せなかったが、事件については何一つ調べることなく封印した。

「北原という記者の話では、特捜部が調べた国会議員は一〇人近くに上り、幾人かにはカネが流れていた可能性が高いそうです」

聖には返す言葉が見つからなかった。

この件については、一切関わりたくないし、実際何も知らない。

「それで、先生は私に何を話されたいのですか」

「警戒しなさいとね。そう言いたかったんです」

「ありがとうございます。しかし、私は何も知りません」

「北原というのは、事件記者としては、東西新聞屈指の敏腕だったそうですね。でも、その後、上層部と衝突して干されていました」

「それが例のカジノ騒動で復活し、今は調査報道部長だそうです。私も、大勢の記者と会ってきましたが、やはり事件記者は怖いね。政治部の記者とは、人種が違う。気をつけないと、身の破滅になるかも知れないよ」

自分のようなアウトサイダーを心配してくれる河嶋の言葉が身に染みた。

「彼の怖さは、何となく憶えています。でも、私は叩かれても埃すら出ません」

「それでも、いずれあなたを訪ねるでしょう。事件の鍵を握っているのは、あなただと彼は考えているようですから」

とことん迷惑な話だ。

「それよりも、先生、ネズミにいい加減に出馬するようにおっしゃって下さいませんか」

「いや、その必要はないでしょう。彼は出ますよ。あなたのお陰でね」

「私は、何もしていませんよ」

「あなたが、本多先生の選挙参謀に就いたことで、彼の闘志にようやく火が付きました」

第四章　貶められた女

1

　本多がブリュッセルに向けて旅立った日の午前一一時、九重薫は民自党の総裁選出馬を表明した。

「かつての日本は、豊かさとその誇りから来る品格がある国でした。あの輝かしい日本を取り戻すため、わたくしは出馬を決断しました。日本国の与党総裁の意味を、国民の皆様に問いたいと考えております」

　会見場に詰めかけた記者に紛れて聖は、九重の凛々しい晴れ姿を見ていた。

　イメージ戦略としては、他の二人を圧倒している。

　これで、政策能力と実行力がそれなりにあれば、俺もこの人に、日本を託したかも知れない。

「前回の総裁選では、推薦人の二〇人が集まりませんでしたが、今回は如何でしょうか」

　記者の嫌みな質問に、九重は余裕を見せた。

「まもなく二〇人に達します。なので、ご心配なく」

「新垣総理を支持してきた九重さんが、今回、総理と袂を分かつ決心をされた理由をお聞かせ下さい」

「新垣総理の政策そのものは、今も支持しております。未来に向けて、総理からバトンを受け取って、わたくしがお国に尽くそうという所存です」

新垣が出馬表明をしているのに、よくもこんな発言ができたものだと思うのだが、これぞ九重流だった。新垣を立てつつ、しっかり自分をアピールする。語る話に整合性がなくても、そこは気にしない。また、彼女の支援者も笑って許す。

「出馬が予想されている本多外相とマドンナ対決となりますが」

「今や、政治に男も女もありません。大切なのは、日本を愛する心です。その点では、わたくしは誰にも負けません」

「本多さんも、普段から愛国心を口にされますが、何か違いを感じられますか」

「彼女が愛しているのは、ふわふわと浮わついたおままごとの世界じゃないかしら。意識だけ高くて、日本の実相がまったく見えていない。幸せを連呼すると国民の皆様が騙せるとでも思っているんでしょうね」

「つまり、本多さんには愛国心がないと？」

「そうは言っていませんよ。価値観はそれぞれですから。でも、生まれた国が好き！　と言えば愛国心だという無責任な発想。根拠がどこにあるのか気になるところです」

それにしても、九重はよく我慢した。

ネットニュースで出馬情報が流れた日に会見を開くと思ったのに、記者たちの囲み取材に対して「気持ちはございますが、勢いで行動するような軽挙妄動は慎みたいので」と言って、そこから二日沈黙した。

調べた限りでは、選挙コンサルは雇ってないようで、ベテラン議員の友利史朗元法務大臣が参謀を担当すると挨拶している。

「友利さんは九重先生の推薦をいち早く表明されましたね」

「当然です。こんな美しい総理大臣、嬉しいじゃないですか」

東大法学部卒の弁護士とは思えない軽薄ぶりは、七〇歳を超えても健在だ。

「ちなみに言っておくと、美しいといってもルッキズムじゃないよ。生き様として美しいという意味です。あとはね、この人にはウソがない。真っ正直な人が国のトップにいるって安心できるじゃないですか」

「弊社が行っている総理になって欲しい国会議員アンケートで、九重先生は長年一位でした。ところが、直近の調査では本多先生に抜かれてしまいました。それについてどのように感じておられますか」

「わたくしのような未熟者が、長きにわたって国民の皆様から高い支持を戴いていただけで、身に余る光栄です。ご指摘の通り、先月のアンケートでは、一位の座を本多先生に譲りましたが、それは九重がしっかりしなければ、妄想のような空約束ばかりをする政治家に国民が騙されてしまうぞ、というお叱りを受けたのだと思います」

週刊誌の女性記者の問いに、九重はイヤな顔ひとつせずきっちりと答えた。

隣に女性が立った。

「聖さん、お疲れ様です」

東西新聞の折原だった。

「この会見終わったら、一緒にランチを付き合って下さいよ」

2

東京地検総務課係長の村瀬に頼んだ情報は、すぐに届いた。

休暇中の特捜検事は、副部長の辻山道隆と直告班検事、堂林徹朗の二名だった。直告班というのは、市民などからの情報提供や告発された案件を調査し、立件の可能性を探る精鋭部隊だ。中堅検事の堂林は、辻山の右腕と期待されている。

やはり、大きなヤマの内偵が始まっているのだ。さらに、堂林の立会事務官、機動捜査班の事務官の名まであった。彼らが、同時に「働き方改革休暇」を取得しているというのは、信じがたい。

翌日、佐々木は早速、辻山の自宅を張り込んだ。

早朝から丸一日粘ったのに、姿を現すのは夫人と二人の子どもばかりで、辻山は姿を現さなかった。辻山は健康維持のために、朝の散歩を欠かさないのに、それすらもなかった。念のため、翌朝は時間を早めて張り込んでみたのだが、空振りに終わった。

仕方なく、辻山の自宅に電話を入れてみた。電話に出た夫人は、「不在でございます」と返した。夜にかけ直すと言うと「暫く戻りませんが」という。

堂林宅にも電話を入れた。こちらも「不在」だと返ってきた。「入院されたのは本当だったんですね」とカマを掛けてみた。

すると妻は「何かの間違いでは？　夫は、地方に出張しておりますので、ご安心を」と言うではないか。

ダメ元で出張した先を尋ねると、「それは、地検でお尋ね下さい」と冷たく電話を切られた。

これは読み通りということだろう。

佐々木の血は沸騰したが、次の一手が浮かばないので、北原に電話で相談すると「国会議員(バッヂ)を獲りに行く内偵なら、四人だけでは難しいだろう。本庁に残ってサポートしている検事がいるんじゃないのか」と返ってきた。

急ぎの案件を持たない検事を探って行き着いたのが、直告班検事の吾妻光平(あづまこうへい)だった。

吾妻の動向は摑めなかったが、自分の勘を信じて、彼をマークすることに決めた。

張り込み初日、吾妻は遅くまで残業をして、オフィスに泊まり込んだようだった。重大な事件もないのに、徹夜なんて、おかしい。

吾妻が庁舎に「籠城(ろうじょう)し」続ける中、今度は吾妻の立会事務官である宇崎秀行(うざきひでゆき)が、退庁時刻に通用口から出てきた。

検事は立会事務官と常にコンビで動く。検事が残業するので、夕食の買い出しにでも出たのかと思ったのだが、宇崎は重そうな革鞄(かわかばん)を持っており、買い出しではなさそうだ。

宇崎が合同庁舎に戻ったのは、約二時間後だった。宇崎は出た時の鞄を手にしていたが、出た時より軽そうに見えた。

宇崎は、吾妻の調査結果を、辻山のもとへ運んでいるのではないか。

それを確かめるため、佐々木はこの日、一七時前から宇崎を張り込んだ。

宇崎は、周囲に気を配る様子もなく中央合同庁舎第6号館A棟の通用口から姿を現した。

午後五時二三分――終業時刻になり、合同庁舎から吐き出される職員に紛れて、先を急いでいる。

道路を挟んだ日比谷(ひびや)公園沿いの木陰にいても残暑で参っていた佐々木は、汗を拭うと、彼の後を追った。

合同庁舎の最寄り駅は地下鉄霞ケ関駅だ。地下鉄では丸ノ内線、日比谷線、千代田線が交差している。

宇崎の住まいは、東急田園都市線池尻大橋駅が最寄りで、千代田線に乗り、表参道で半蔵門線に乗り換える。しかし、この日の宇崎は丸ノ内線荻窪行きに乗って、新高円寺駅で下車した。

宇崎について大通りに出た。グーグルマップを見ると青梅街道とある。

宇崎は扇子を扇ぎながら、住宅街を抜け、やがて古い一戸建ての民家に入って行った。

門の標札には「山中」とあり、古い木造の家屋が建っている。

特捜部が捜査のために別に拠点を設けるという噂は知っていた。しかし、ここがその「アジト」なのかは、確かめようがなかった。

監視カメラの有無を確認してから、佐々木は周辺の写真をスマホで撮った。それから、「ゼンリン」の住宅地図を起動して、場所を特定した。

登記簿のデジタル化が進んだおかげで、不動産登記簿謄本もオンラインで入手できる。不動産登記簿謄本取得の手続きをすると、「山中」宅の情報が入手できた。

物件の所有者は、東京国税庁だった。誰かが遺産を物納したために、国税庁が管理しているのだろう。

少し離れたところにタイムズパーキングがあったので、そのあたりで宇崎が出てくるのを待つことにした。

張り込むこと約三〇分、ようやく宇崎が表に出てきた。ポロシャツ、ジーパン姿の男も一緒だった。「働き方改革休暇」を取得しているはずの機動捜査班の事務官だった。

3

聖から連絡が入り、根津の妻の真藤久美子に会うので一緒に来るかと誘われた。折原はすぐに恵比寿のウェスティンホテル東京に向かった。

約束の時刻より一五分ほど早くロビーに到着した。正面玄関の車寄せが見えるソファに陣取り、真藤久美子のプロフィールに目を通していた。

真藤は、恵比寿に本社を置くプライムテレビ放送（ＰＴＢ）の看板キャスターの一人だ。ショートカットと大きな目がチャームポイントの目立つ容姿と、当意即妙のコメントがウリだった。

現在は特別解説委員という肩書きで、様々なニュース番組のコメンテーターや報道特番のＭＣを務めている。

根津とは大学の同級生で、根津が二度目の当選を果たした時に結婚している。

「美女とネズミ男の結婚」などと、周囲は驚いたが、二人の仲睦まじい関係は、結婚二〇年を超えても不変らしい。

尤も、仕事に関しては互いにけじめをつけており、真藤は夫の選挙には一切関わらない。実際、真藤は時に堂々と民自党批判をしている。

聖もまた真藤とは大学の同級生だという。

「よっ、お待たせ」

資料読みに没頭していた折原は、聖に声をかけられて慌てた。

「当確師の密着取材なら、こういう根回しの現場とかもいいかなと思ってね」

「何の根回しですか」

「久美子は以前Xで、本多先生を『現代女性の理想像というイメージづくりは上手いが、国家観や強い政治信条が感じ取れない』と批判したことがある。その認識を改めてもらおうと思って久美子の番組に呼んでもらおうと思っている」

レストランでは、個室に案内された。

「お久しぶりね、ダル。相変わらずご活躍で」

真藤は既に到着していた。

「君が好きな神馬堂のやきもち。碓氷が昨日、京都に行ってたから、買ってきてもらったんだ」

「わあ、それは嬉しい。碓氷さんによろしく伝えてね」

聖に紹介されて、折原は緊張しながら挨拶した。

「ずっとファンだったので、お会いできて光栄です」

「若い方にそんな風に言われて、嬉しいです。どうぞ、よろしく。それで、急な御用とは何かしら」

「どうも、久美子は本多先生を誤解していると思うんだ。それで、じっくり話をする機会を戴けないだろうかと思ってね」

「私の番組に出せ、という意味？」

真藤は、「ホット・スポット」というインタビュー番組のMCだ。国内外の話題の人を招いて、かなり斬り込んだ質問をぶつけるところから、ＢＳでありながら、高視聴率を記録している。

「手加減しないから、逆効果になるかもよ」

「俺はそうは思わない。きっと、意外な本多さやかに出会えると思うよ」

「彼女の本性を暴くのは面白いかもね。ダルの思い通りになるかどうかは別として。ヨーロッパから帰ってくるのはいつ?」

「四日後かな」

「総裁選告示の九日前か。スケジュールの調整はできる?」

「そちらの都合に合わせるよ」

「だったら九月三日か五日の夜。あるいは、六日に生放送という手もあるわ」

「オッケー、恩に着るよ。ところで、夫君のことだが」

真藤の鋭い視線が折原に向けられた。

「大丈夫だ。総裁選終了までは、一切秘密を守ると約束している」

折原も大きく頷いた。

「幸ちゃんが、どうしたの?」

「ネズミの総裁選を応援するんじゃないかっていう憶測が流れてる」

「完全なデマね。そもそも総裁選について、二人で話したことはない。そろそろギアを上げて欲しいところだけど、ああいう性格だから」

折原のアドレナリンは沸騰していた。二人は凄い話をしている。まさか、根津幸太朗の動向が聞けるとは。

「そもそも、あなたが本多さやかについた段階で、幸ちゃんに勝ち目はないから」

「君が彼の選挙参謀になったら、ひょっとするぞ」

「バカ言わないで。彼が私の言うことなんて聞くもんですか。それより、折原さん、聖先生の密着取材は、楽しい？」

いきなり矛先が自分に向けられて折原は焦った。

「ええ、とても勉強になります。あの、せっかくなので、私も質問していいですか」

構わないと身振りで返された。

「真藤さんからご覧になって、根津さんは総理として期待できそうですか」

「難しい質問ね。かなりひいき目に見ていると思うけど、答えは、イエスよ」

4

「憧れのキャスターの印象は、どうだった？」

エレベーターの扉が閉まるのを待って聖は、若い記者に尋ねた。

「素敵な方でした。私は、真藤さんに総理になって欲しいくらいですよ」

「俺も政界入りを奨（すす）めているんだがな」

「首を縦に振らない理由は、何ですか」

「自分はジャーナリストだから――らしい」

「ますますかっこいい」

本音は、夫と同じ仕事をしたくないからだろう。周囲が何と言おうと、久美子は夫を人間として尊敬し、愛している。政治家としての評価については、感情を抜きにして『幸太朗が総理になれば、日本は生まれ変われる』と、何度も仲間内では口にしていた。

「ところで、『ホット・スポット』では、過去に何度も真藤さんに斬り込まれて、秘密を吐露してしまったゲストがいますが、大丈夫ですか」

「それを防ぐために、事前に想定問答集を用意するんだ。それを叩き込むのも選挙プロデューサーの仕事だ」

「なるほど。その時は立ち会わせて下さいますか」

「考えておく。ところで、この後約束がある。ちょっと込み入った話だから、今日の取材はここまでだ」

「どなたにお会いになるんですか」

折原はしっかり食いついてきた。

「静村先生だ」

「えっ！　一体、どういう理由で？」

「それはいずれ詳しく話す。じゃあ、お疲れ様」

聖は、扉が開いたエレベーターに飛び乗った。

＊

二〇階の客室フロアで降りた聖は、指定された部屋のチャイムを押した。

ドアを開けたのは、静村の第一秘書浦上昭一（うらがみしょういち）だった。静村の父親の代から仕えている永田町の名物秘書だ。聖も鳴海の秘書時代、薫陶を受けた。

「久しぶりだね。有意義な話を聞けると期待してるよ」

齢八十に近い老秘書は、聖の背中を一つ叩いて、招き入れた。

そこには、三人の代議士がいた。

静村と環境大臣の石牟礼早苗、民自党選対本部長代理の上岡正直だ。彼らは、静村を総理に担ごうと支援している。

聖は、静村とだけで話したいと、伝えていたのだが。

聖は、立ち上がろうともしない三人の代議士の前で頭を下げて、ソファに座った。

「静村一人でというご提案でしたが、民自党の行く末は三位一体で考えたいので、ご了解くださ い」

じゃあ、三人で総理になる気か、と浦上に突っ込みたかったが、聖は「承知致しました」と返した。

「皆、忙しい身なので、用件をお願いします」

ぶっきらぼうに言い放つ静村は、緊張が隠せないようだ。声が震えている。

「総裁選へのご出馬を断念戴きたいと思いまして」

空気が固まった。やはり、出馬するつもりだったか。

「私がいつ総裁選に出馬表明しました？　誰がそんなデマを。私は新垣内閣の閣僚として総理にお仕えする以外は、考えたこともないよ」

「そのおつもりだったでしょうが、本多先生の出馬宣言で、事情が変わったのでは？　そうでなければ、こちらのお二人も、同席されることはなかったでしょう」

「聖さん、邪推もええ加減にしてください。我々が新垣総理を支援する姿勢は不動です」

上岡の抗議は無視した。

「妹分だと思っていた本多先生の抜け駆けは、あなたの将来を大きく左右するでしょうね。しかも東大路元総理の後ろ盾を得ての総裁選出馬ですよ。今回、敗れたとしても二位は間違いない。それは、ポスト新垣の地位を手に入れたも同然」

上岡が鼻先で笑った。

「聖達磨ともあろう者が、とんだ読み違いですな。あいつが二位になるやなんて、あり得へん」

「上岡先生、お言葉ですが、私がついているんです。惨敗なんてあり得ない。だからこそ、お二人も静村先生擁立に動いているのでしょう」

沈黙を続けている石牟礼と視線が合った。彼女はため息を漏らすと口を開いた。

「上岡先生、やめましょう。何もかも、こちらはお見通しでしょうから。だからこそ、聖さんにお伺いしたい。

政治家の資質としてははるかに優れた静村先生ではなく、本多さやかの選挙参謀に就かれた理由は何ですか」

「本多先生には、今までの民自党議員にない新しさがあります。国会議員は、国民の代弁者であり国民の期待に応えるという原点を、よく理解され、実践していること。若い世代と女性が暮らしやすい社会のために、従来の政策を改めようという提案力。そして、ブレない信念です」

「私には、それがない、と？」

静村は不快感を隠そうともせずに言った。

「残念ながら……。しかし、政治に求められるのは『新しさ』だけではありません。人気取りではなく、国家のために尽くすという姿勢や、ご自身が目指すブレない国家観があれば、国民は共感するでしょう。

静村先生が、長年唱えてらした意味のある財政のあり方という発想は、素晴らしいものです。ところが、重要閣僚に就かれてからは、先生の個性が埋没してしまった気が致します。それどころか、ご自身の主義とは相反する総理の政策を積極的に支持なさり、総理の再選を逸早く表明された。

にもかかわらず、本多先生が総裁選に出馬すると知るや、出馬の準備をなさろうとされています。こういうどっちつかずの態度は、党員や国会議員から不信感を持たれます。なので、越権行為とは承知の上で、今回は初志貫徹なさって、出馬はお控えになるべきだと申し上げに来ました」

静村は、黙ったままで口を開こうとしない。

「聖さん、さすがに一流の選挙プロデューサーだけはある。私もまったく同感です。でも、しっかりと静村自身が明確な意思表明をすれば、新垣総理支持を撤回できると、私たちは考えています」

石牟礼が、代弁した。

「だが、勝機はありませんよ。そして、新垣総理は、裏切り者を許しません」

「聖さん、言い過ぎや。そんなもんは、やってみな分からんでしょう」

「上岡先生、選挙は勝つためにやるんです。やってみなければ分からないような戦略では、勝てません」

上岡も、ムッとして黙り込んだ。

「静村先生は、本多先生との連携を図ろうとお考えではないですか」

「それは、ない。むしろ本多先生に、出馬を断念して、私を支持するように、あなたから説得してもらいたい」

その言葉で、聖は静村を完全に見切った。

この男には、大局観も自己分析能力もない。

「私は、本多先生の選挙参謀です。そんな話を呑むわけには、参りません。それより、かつては立志会の同志として連携されていた皆さんで、本多先生をご支援いただけませんか」

「私は、本多先生は、総理の器ではないと思うの。確かに彼女は、今までの日本の国会議員にないものを持っています。分かりやすく言えばアメリカの議員の佇まいに似ている。優しく穏やかそうに見えますが、揺るがない哲学を通すためには、手段は選ばないファイターです。

そんな彼女は、民自党のトップには馴染まない。民自党は、良くも悪くも、和を以て貴(たっと)しとなすという日本的な最小公倍数を求める政治、つまり皆が程々に満足していく政策を重視してきました。

だから、静村先生のように周囲の意見を包括できる人こそが、総裁に相応しいんです」

石牟礼の主張は、聖が抱く本多への懸念ではある。だが、目の前にいる静村に、最大公約数を包括できるだけの胆力があると思うかと、聞いてみたかったが、今はタイミングが悪い。

「静村先生、選択肢は二つだとアドバイスさせて下さい。総理に忠誠を尽くすか、本多先生を支援するかです」

6

民自党総裁選告示が一〇日後に迫ったこの日、折原は東西新聞本社内の世論調査部にいた。早稲田大学の陸奥ゼミとの共同で行う「総裁選読者投票」の打ち合わせだ。

電話や訪問調査員のヒアリングなどで、「国民の声」を集める世論調査部ではほぼ毎月のペースで内閣支持率調査を行っている。その数値に政権は一喜一憂し、結果如何では、政策の方針転換すら行うほどだ。

新聞社の役割は、「権力の監視であり、同時に、マスメディアは第四の権力でもある」と言われて久しいが、既に形骸化している。特に東日本大震災以降、新聞社はＳＮＳなどで「マスゴミ」と呼ばれるに至り、権威も影響力も衰退の一途だ。

その中で、今なお社会に一石を投じているのが、世論調査部というのも皮肉な話だ。

同部は、当初、折原の調査に協力するのに難色を示したが、小丸が粘り強く交渉して、実現した。

打ち合わせには、折原と小丸、そして陸奥教授と分析責任者の助教の杜下翔子が出席した。世論調査部側からは、次長の村松と香坂という女性ディレクターが参加した。

折原が今回の調査の趣旨と調査の概要について説明した。

「調査員による訪問調査をご希望ですが、予算的にも時間的にも厳しいですね。どうしてもというなら、自動音声による電話調査になります」

さっそく村松が難色を示した。

「あれで正確な声を拾えるんでしょうか」

「正確な声とは何を指すんですか。我々の実績としては、最低でも三割以上の方から回答を得られています。また、この方法だと短時間かつ安価で、大量の調査が可能ですよ」

「村松君、せめてＲＤＤでやってくれよ」

ＲＤＤ法というのは、コンピューターが電話番号を無作為に抽出し、調査員がそこに電話して調査する方法だ。メディアの世論調査の主流になっているが、固定電話を持たない若い世代の声が拾いにくいという欠点がある。最近では携帯電話でも、同様の方法で調査を始めているが、今度は、調査地域の把握が難しくなったという問題がある。

それでも、自動音声より格段に正確ではある。

「我々もＲＤＤを行うので、ヒアリングする調査員が確保できないんですよね」

本当は自分たちはやりたくないんだ、というホンネが村松の言葉の端々に出ている。折原は、恥ずかしくなって陸奥の顔を見られなかった。

「教授、どうですか。自動音声でそれなりの数を取りに行きますか」

小丸が尋ねた。

「悩ましいですねえ。今回は、最低でも五〇〇人以上、できれば一〇〇〇人は調査したいと考えています。自動音声だと実現可能でしょうけど、調査の質に問題がありますから、調査員による電話アンケートはやりたいですね」

「一〇〇〇人にヒアリングするには、調査員は何人必要だ？」

「一週間で調査するとして、五人いれば、何とか回るのでは？」

「一日一人当たり、二八・六人です」

陸奥研の助教が弾き出した。

できなくはないが、今どき登録以外の番号からの着信など無視されがちなので、調査員は倍以上の人数が必要——、と香坂が解説した。

「カネをたっぷり払えば、ＲＤＤの調査員を確保してくれるのか」

「いくらお金を積まれても、人材の数に限りがあるので、難しいと思います」

ならば、世論調査部なんかに頼らず、自分たちで人を集めてやった方がいいのでは、と折原は言いたくなった。

「それから、質問数は、三問ですが、総裁選の候補者が多いと、相手側に嫌がられる可能性がありますね」

「まあ、その程度はしょうがないな。いずれにしても、こちらで持ち帰って、また相談する」

小丸が独断で、話を切り上げたが、折原は、世論調査部との協力依頼を諦めかけていた。

*

「ちょっと『昴（すばる）』で頭冷やしましょう」

世論調査部の会議室から出ると、小丸は社の最上階にあるレストランに行こうと言った。

ランチタイムを過ぎていたので、客はほとんどおらず、彼らは皇居を見下ろす窓際の席に着いた。

「いやあ、お恥ずかしい場面を見せてしまいました」

首筋の汗までおしぼりで拭って小丸が恐縮している。

「新聞社はもっとオープンで貪欲なイメージがあったので驚きましたけど、世知辛い世の中ですから」

陸奥がさして気にしていないのには安堵（あんど）したが、それでも折原は自社の志の低さを恥じた。

「あれが今の新聞社の姿なんです。何事にも後ろ向きで、とにかく面倒なことは避ける。あれじゃあ、『マスゴミ』と呼ばれてもしょうがないですな」

「陸奥教授、調査方法については、別の方法を考えた方がいいですよね」

「そうですね。杜下さん、ウチでボランティアの調査員って、何人ぐらい確保できる？」

「一〇人ぐらいは大丈夫だと思いますよ」

「それなら、何とかなりそうですね。問題は、調査対象者の選定ですね」

「そこは、ウチでRDDをかけます。コンピューターに固定電話と携帯電話を三〇〇〇人分ほど抽出させるだけなので、時間はかかりません。それぐらいはやらせますよ」

小丸が世論調査部に籍があるのが幸いした。

「電話調査、私も参加していいですか。私、直接、国民の声を聞いてみたいんです。言ってみれば街頭取材のようなものなので、ぜひお手伝いさせて下さい」

「折ちゃん、それはいいな。僕も一日付き合おう。面白そうだものな」

飲み物が運ばれてきたところで、陸奥が口を開いた。

「小丸さん、最終的に出馬する候補者は、何人ぐらいになりそうですか」

「今回は、読みにくいんです。新垣派以外、民自党内の派閥がすべて解散しました。今なお、緩く繋がっていると言われていますが、党は幹事長名で、旧派閥が再結束しての候補者選出を控えるようにという異例の通達を出しました」

そんなことを言わなければならないところに、有権者は不信感を抱くだろうと、折原は思った。

小丸は続ける。

「その結果、少なくとも五人ぐらいは、出馬するかも知れないというのが、政治部の観測です。私は、もっと多いかも知れないと思っています」

「派閥が解散して半年以上経っても、まだ、党内が落ちつかない状況が続いているんですか」

「それなりに団結できているとみられている新垣派ですら、三分の一程度は、総裁選を前に離脱するのではという噂もあります。また、最大派閥だった旧立志会からは、三、四人出馬するのではという憶測も飛んでいる。

また、同世代による団結や、都市部だけで連携しようという動きもあるんです」

つまり、民自党は「カオス」の状態から抜け出せていないということだ。

「皆さんに叱られるかも知れないんですが、派閥ってそんな悪、なんでしょうか」

そのように解釈されている風潮が、折原には理解できなかった。

「本来は派閥とは政策集団であり、民自党内での多様性を育む仕組みなんです。でも、現状は、利権誘導団体に近い。もっと言えば、大臣になるためだけに、烏合の衆が集まっていると言える」

「そんなものなら、不要ですね。でも、かつての民自党は、安全保障を重視する派閥や、経済政策、あるいは台湾を重視する派閥もあれば、日ソ関係を親密にすべきという派閥もあったと聞きます」

「確かにそうだけれど、それは中選挙区制度時代の話だからなぁ」

衆議院議員選挙は、現在は小選挙区比例代表並立制になっていて、選挙区での、当選者は一人だ。だが、かつては一選挙区で二人から六人の当選者が出た。民自党内でも複数の候補者が、同一選挙区に出馬できた。すると、個性的な政策を掲げる派閥がある方が、当選者を獲得しやすかったのだ。

だが、小挙区制になると、民自党の公認を得て出馬する場合には、党で統一した公約を訴えなければならなくなり、政策集団としての派閥の効果が薄れてしまったのだ。

「僕は、従来のような派閥は、存在価値がないと思います。逆に国会議員それぞれが、明確な政策と哲学を持ち、大枠では民自党員としてのセオリーを守りながら、是々非々で政策提案をすべきだと思います」

陸奥の意見に、折原は共感を覚えた。そうでなければ、国会議員なんてつまらないじゃないか。

「そこが、陸奥教授と私の意見の異なる点だな。そもそも間接民主制がそれなりに機能するためには、政党政治が前提だと思う。是々非々で、人が右往左往していては、国家の舵取りはできない。民自党という大きな船の中で、多数派が支持する政策とリーダーを担ぐからこそ、政権は安定するんだ。だから、さっき折ちゃんが言ったような優先する政策ごとに議員が集まり、政策を実現しうるリーダーを担ぐ必要がある。

そういう派閥の再編を期待しているんだけどな」

小丸にそう言われると、それが正しいようにも思えてしまう。

「それは、実現しそうにないんですか」

「まだ、分からない。もし、総裁選の候補者が五人程度に抑えられたら、政策集団としての派閥が再編された結果かも知れないと期待できる」

陸奥は、小丸の意見に何度も頷いている。首相公選派の陸奥から、反論が出るのを期待していたのだが。

「陸奥教授が主唱される、首相公選制というのとは、思想が違いますが、いいんですか」

「僕は政党政治を、はなから否定しているわけではないんです。ただ、機能していないことと、あまりに限られた有権者の声だけで、首相が決まることに一石を投じたいだけです」

「でもね、人気投票で総理を選んではいけない。それよりも決断力と行動力の両方を兼ね備え、公約を責任を持って全うできる政治家に総理になって欲しい。民自党内で総理を選べば、党内で一定の抑止力が効くが、国民全員が投票できるようにすると、国民に支持されれば何でもOKという、総理の暴走があるかも知れない」

「まあ、そこは大いなる懸念材料でしょう。でも、こんな総理を選んだ覚えはない！　と二言目には言う国民に責任を持たせるためには、公選制によって、国民の政治参加を訴えたいんですよね」

陸奥は、飄々と自説を展開する。

一方の小丸には、政治記者として積み上げてきた経験から生まれる強い価値観で、この一件を見ている。おそらく小丸は、国民の政治意識も責任も信じていないのだろう。

折原は、心情的には陸奥の主張に共感しているが、小丸の現実的な視点も重要だと思わざるを得なかった。

「いずれにしろ、今回は三人から五人の候補者が出そうです。いや、大混戦の末に十人以上立つかも知れません」

いずれの場合でも、新聞紙上で、それらの候補に投票するというのに意義はあると、折原は改めて思った。

折原の携帯電話が鳴った。

鳥山だ。

〝『週刊文潮』がとんでもないスクープを飛ばした。すぐにダルマのコメントを取れ〞

すぐにゲラのデータが送られてきた。


『美魔女議員が、問題宗教法人から巨額献金か』


記事によると、九重は奈良県にある宗教法人から一〇〇〇万円以上の献金を受けていた疑惑があるという。その宗教法人は、信者から財産をむしり取ったとして、全国規模の訴訟を起こされている。

記事には、九重が白装束に身を包み、礼拝している写真も掲載されていて「魔女が巫女に⁉」というキャプションがついていた。

さらに、九重の叔父が経営する企業が詐欺まがいのビジネスで大騒動になりかけたのを、その宗教法人が抑え込んだともあった。

折原は、陸奥教授らに断って席を離れ、聖のスマホを呼び出した。

二〇回以上鳴らしても、聖は出なかった。

第五章　躊躇う男

1

碓氷が、九重のスキャンダルを調べてきた。

「『文潮砲』の記事は、かなり正確で、奈良県の宗教法人から、多額の献金を、長年にわたり受け取っています」

「過去形じゃないのか」

「今年も献金記録があります。この二〇年ほど毎年、少なくとも数百万円は献金を受けてきています」

つまり、総額で一億円を軽く超えるわけか……。

「収支報告書の記載は？」

「一〇〇人以上の信者の名で、個人献金として受け取っていますので、政治資金規正法的にはギリギリセーフでしょうか」

「週刊文潮」では、白装束姿の九重が、その宗教団体の「例祭」に参加している写真を、グラビアで掲載している。

「九重先生が、宗教に傾倒しているだけなら、別にスキャンダルにならないが、そこの団体は、かなりヤバいのか」

「反社（反社会的勢力）の隠れ蓑ではないかと疑われています。また、お布施に全財産をつぎ込んで、一家心中に追い込まれた家族が複数ありますし、お布施集めを〝修行〟と称して、特殊詐欺に近いような行為を強要している噂があり、大阪府警などが内偵しているようです」

報告を聞く限り、九重は総裁選出馬辞退どころか、議員辞職に追い込まれる可能性が高い。

「ネット上では、元信者を名乗る人たちが、九重先生から強く勧誘されて、祖父母が破滅したなんて書き込みもありますね。炎上度も半端ない」

千香が補足する。

「本多陣営としては、朗報と言いたいところだが、タイミングが良すぎないか」

碓氷も、そこが気になっているように、頷いた。

「情報源は、分からないのか」

「今のところは、摑めていません。『週刊文潮』の取材力はなかなかですが、これは相当な情報提供者がいたと考えるべきでしょうね」

九重にスキャンダルが出て一番得をするのは、誰だろうか。

おそらくは、本多だろう。

あるいは、九重の出馬によって立候補を断念させられた議員がいたのか……。

聖は、帰国の途上にある本多さやか宛てにメールを打った。

羽田空港に到着した時に、記者からこの問題についての質問が飛ぶのは確実なので、その対策を伝えた。

〝先生は、ごく一般的な、すなわち——大変驚いている。事実なら、残念です——とだけお答え下さい〟

2

北陸新幹線軽井沢駅で下車した湯浅は、タクシーで、奥軽井沢に向かった。

根津の帰京を待っていたのだが、一向に戻る気配がない。総裁選は風雲急を告げているというのに、彼は今なお進退を明らかにしない。

旧河嶋派では、根津擁立を進めていた同僚議員までもが痺れを切らして連日、根津に連絡しているのだが、返事も寄越さない。失礼極まりない根津の態度に支持を取りやめる者も出てきた。

これでは、根津は二〇人の推薦人を集められないかも知れない。

さすがにこのまま待っているわけにはいかないという後援会長の意見もあり、湯浅が総代として、軽井沢に向かったのだ。

だからといって、根津は湯浅の説得に耳を貸しはしないだろう。昔からそうだった。

そもそも周囲の支援に、感謝の意を示そうともしない礼儀知らずの五〇男なんて、社会人として落第だ。

尤も、周囲の怒りを買っているという自覚が本人にない以上、根津の態度を改めさせる自信など湯浅には微塵もなかった。

こういう役回りは、ダルさんがやるべきなのだ。

軽井沢行きが決まった時、湯浅は聖に同行を頼んだ。

だが、即答で断られた。

――俺は、ネズミのお守りじゃねえぞ。

そこを何とかと懇願すると、代わりに、アドバイスをくれた。

――この国が破滅する前に、立て！　と伝えてくれ。

そう言ったくらいで、根津が戻ってくるとは思えないが、とにかく根津の首に縄を付けてでも東京に連れて帰るしかなかった。

「お客さん、顔色悪いね。酔った？」

タクシー運転手がルームミラー越しに、こちらを見ている。

「いや、大丈夫です」

運転は荒っぽく酷かったが、顔色が悪いのは、タクシーが別荘に近づいていくからだ。

もう一度固く決意をして、湯浅は別荘に到着した。インターホンを鳴らすと、女性の声が応じた。

えっ！　まさか、女を連れ込んでいるのか。

白地に「JUSTICE」の文字がデザインされたTシャツ、ダメージデニムのパンツという格好の女性が現れた。湯浅もよく知っている女だった。

「真藤さん、いらっしゃってたんですか」

「うちの別荘だもの。いてもいいでしょ。それより、約束していた？」

「いえ、アポなしです」

彼女もやはり大学時代の同級生だった。付き合いは三〇年近いのに、湯浅は未だに、彼女を旧姓で呼んでしまう。

別荘は、真藤が所有していた。元は彼女の父親のもので、遺産として受け継いだと聞いている。

古き良き時代に建てられた重厚な木造家屋のリビングは、二階までが吹き抜けになっている。

既に何十回も訪れている勝手知ったる場所に入ると、湯浅は広い庭に繋がるフランス窓に近づいた。

ガーデンパーティができるほど広い庭なのだが、今は雑草が伸び放題だ。

先週まで湯浅はここに滞在して、根津の政策立案を手伝っていた。時に、暇を持て余して草抜きをしたのだが、野生の逞しさは再び猛威を振るっているようだ。

「何の用だ？」

いきなり背後から声がした。

髪が乱れ無精髭に埋もれている根津が立っていた。

「いくら連絡しても、梨の礫だから、来たんだよ。大至急、東京に戻って欲しい」

「まだ、公約が完成していない」

「そんな悠長なことを言っている場合じゃない。既に総裁選は激しい鍔迫り合いが展開されているんだ。出馬するつもりなら、君もそこに参加すべきだ。総裁選に出るためには、推薦人を集めなきゃいけない。旧河嶋派だけで集められるはずだったけど、君が一向に、彼らに連絡を取らないから、皆痺れを切らしているんだ」

「慌てる何とかは、もらいが少ない、と言うだろう。鍔迫り合いなんて好きにやらせればいい」

いつになく明るい。何かあったのか……。

「暑かったでしょう。レモネードをどうぞ」

大きめのグラスにたっぷりと注がれたレモネードを、真藤が運んできた。

「湯浅君の御用の向きは、いつまで経っても動かない根津に、総裁選への出馬表明を促すためだったの？」

真藤にいきなり指摘されて、レモネードの爽やかさは消えていった。

「旧河嶋派で、幸さんを推している人たちが、痺れを切らしていまして」

「まあ、当然よね。実は、私もそれが心配で、昨夜飛んで来たんだけど」

「じゃあ、決断してくれたのか」

「何の決断だ？」

根津の答えは素っ気ないが、やはりいつもと違う明るさがある。

「決まってるだろう。総裁選出馬をだよ」

「そんなものは、前から決断しているだろう」

「えっ！　そうなのか。じゃあ、すぐにでも出馬会見の準備をするよ」

湯浅がスマホを取り出すのを見ると、根津が「いや、それはまだ早い」と言った。

「早い？　まだ、公約が固まってからじゃなきゃダメだとか言い出す気か」

「それもある。だが、時期尚早だと、俺の選挙アドバイザーが言っている」

「そんな人をいつ雇ったんだ？」

「おまえの前にいるだろう」

根津の視線の先にいるのは、真藤だった。

「私は、もうすぐＰＴＢを辞めるの。それは、いつまで経っても御託ばかり並べて立とうとしない幸ちゃんのお尻を叩くため」

今まで、常に根津の政治活動には一定の距離を置いていた真藤とは思えない言葉だった。

「昨夜、ここに来てから朝まで、俺はこってり絞られた。そして、心を改め、覚悟を決めた」

「いやあ、良かったあ。ほんと、良かった。真藤さん、本当にありがとう！」

涙が込み上げるのを必死で堪えながら、湯浅は真藤に何度も頭を下げ、両手で根津の手を握りしめていた。

「そこでだ。これから、久美子が戦略を説明してくれるから、じっくり聞いてくれ。俺は、書斎に引っ込んで、公約を仕上げる」

3

社に戻った折原を、曽野田が呼び止めた。

「一緒に来てくれるか」

普段はほとんど無視されているのに、何の用だ。

身構えた折原は用向きを尋ねたが、それは無視された。仕方なく曽野田について会議室に入ると、二人の先輩が待っていた。豊崎(とよさき)という政治部の与党キャップと、総裁選担当の早瀬(はやせ)だ。

「ダルマの密着取材を、してるんだって?」

全身に贅肉(ぜいにく)が付いていかにも不健康そうな豊崎が、尋ねた。

「ええ。それが、どうかしましたか」

「本多が、帰国途上の機内で同行記者団に、外相の辞意を表明した」

冷たい目をした早瀬が言った。

「ほんとうですか!」

「なんだ、知らないのか」

「まったく」

「本多は、他にも、重大な発表があるんだと言っている。だが、それは羽田到着まで言わないらしいんだ。折原君、君から聞いたなんて、絶対に聖さんにバレないようにするし、ちゃんと裏も取る。だから、知っていることがあれば、教えてくれないかな」

「もうすぐ羽田に到着する本多の重大発表を今、知って何の意味があるんですか」

「他社より一秒でも早く情報が出せたら、スクープでしょ」

「そうですが、それって単に早いだけのスクープですよね」

自分たちが伝えなければ見過ごされるネタを記事にすること――。それをスクープと呼ぶと折原は考えている。

「確かに、ささやかなフライング記事のようなものだけど、それでも書くのが記者の仕事だろ」

「外相辞任の理由って何ですか」

「不明だが、自由の身になって総裁選に専念したいんだろう。そのあたりは、君が、聖に尋ねるべき点だぞ」

果たして聖が答えるかは、甚だ疑問だが。

「ご指導、ありがとうございます。ですが、私は聖さんの懐深く入りたいんで、当分は貝になります。ご期待に沿えず申し訳ありません」

4

羽田空港の入国審査場で、聖は本多と合流した。

「迎えに来て下さって、恐縮です」

長旅にもかかわらず、本多に疲れの色はない。それどころか、普段より輝いているように見える。

「このまま記者会見を開いて戴くことになりました」

「外相辞任発言について、ですね？」

帰国便の中、外相を辞すると表明するのは、予定通りの行動だった。

「総理は激怒されておられます。総理の承諾も得ずに、勝手な発言をしたとね」

それも、想定内だった。

「つまり、外相辞任は認めないとおっしゃっているわけですね」

「ええ。ですので、ただちに官邸に直接来いという連絡があると思います」

「既にメールで届いています」

「では、会見については予定通りの方向で。但し、総理には辞意を認めていただけないので、これから官邸に向かうと」

辞意の理由は、ヨーロッパに行ったものの、ほとんどの案件は既に総理が合意を取りつけており、全く自分が行く必要性がなかったから、と発表する予定だ。

「すなわち、外相として、自分は信頼されていないと感じ、辞任すべきだと考えた」と答えることにしている。

だが、新垣は、じわじわと支持者を伸ばしている本多を辞めさせたくない。

外相を辞めれば、本多はもっと自由に「選挙活動」ができる。

それを阻止するために、外相続投を押しつけるだろうと、聖と本多は考えていた。

むしろ、そうしてもらわなければ計画が狂う。

総理の意向に従う代わりに、ある交渉の許可を得るつもりだった――。

その交渉が実現したら、本多は歴史に名を刻むような成果を獲得することができ、総裁への道が確実になるのだ。

その「画策」は、本多自身が時間をかけて検討を重ねてきたものだった。

「正直言って、総理が私の辞意を認めるとおっしゃったら、どうしようかと気が気じゃありませんでした。なので、今のご説明を伺って、安堵しました」

「いや、まだ安心されるのは、早いですよ。あの狸親父(たぬきおやじ)は、先生の発言の意図を色々考えているはずです。なので、土壇場で辞意を認めると言い出しかねない」

本多は苦笑いして首を振っている。

「九重先生は、どうなさっているんですか」

「相変わらず強気ですよ。信教の自由を振りかざし、出馬断念の意志はない、ときっぱりおっしゃっています」

「さすがです」

同行している天草が、「空港職員が、会見場まで誘導してくれるそうです」と告げ、聖は彼らと別れた。

5

定例の東京地検次席検事による「レク」を終えた佐々木の携帯に、司法キャップの杉田政志からメッセージが入った。

〝レクが終わったら、クラブに顔を出せ〟

もしかして、隠密行動がバレたかな……。

それから、もう一本。こっちは、北原からだ。

〝今晩、寄ってくれ〟

東京地検がある中央合同庁舎第6号館A棟は、東京高裁や地裁などが入る東京高等・地方・簡易裁判所合同庁舎と地下通路で繋がっている。在京新聞社やテレビ局が所属する司法記者クラブは、東京高裁内にあるため、佐々木は「レク」が終わると、地下から記者クラブに向かった。

「レク」直後だったこともあって、顔見知りが同じように移動している。佐々木は、暁光新聞の女性記者から声をかけられた。

このところ平穏続きで、地検は未だ夏休み中のようだと暁光新聞の記者が言うのに適当に相槌を打ちながら、佐々木はキャップに呼び出された理由を考えていた。

ボックスに戻ると、杉田は他の記者を追い出してしまった。

「新高円寺に頻繁に通っているそうだな」

まったくの想定外の質問だった。

「あの、なぜ、ご存じなんですか」

「地検の事務官はボンクラじゃないぞ。監視されていることにも気づくし、誰に張り込まれているのかも調べられる」

検察が、僕の動きを察知していただって⁉

「まだ、お話しできる段階ではないのですが」

「警視庁のやり方は知らないが、ここではネタを掴んだら、即座にキャップに上げるってのがルールなんだ。君は、若手のエースと期待されているから、ある程度の流儀は許すつもりだったが、ちょっと独断専行が目に余るのでね。白状するか、ここから去るか、どちらかだな」

杉田は、事件取材にもさしたる興味がない「ことなかれ記者」だと、決めつけていた。観察眼の甘さを、佐々木は反省した。

「勝手なことをして申し訳ありませんでした。実は、特捜部が、民自党の大物議員の贈収賄疑惑を内偵しているという情報をネタ元から摑みました」

「ネタ元とは、具体的に誰のことだ？」

情報源は、同僚でも上司でも打ち明けるな、という事件記者の鉄則を、杉田は認める気がないようだ。

「地検の機捜班の事務官です」

「名前を言え」

「広中芳雄(ひろなかよしお)です」

「特捜部の縁の下の力持ち」と言われている機動捜査班の伝説的な人物だった。

「なんで、そんなベテランを知ってるんだ」

「警視庁で親しかった捜二(そうに)のベテランからの紹介です」

「で、特捜部のターゲットは誰だ？」

「それは教えてもらえませんでした。おそらく、これはテストなんだと思います」

「おまえ、取材力を試されてるのか」

検察庁は徹底的にメディアと捜査官や検事との接点を禁じているが、かつては、捜査とメディアは「持ちつ持たれつ」の関係だった。時に捜査陣が得られない情報を、記者が提供して事件が解決したり、逆に捜査側が、事件の重大性を世論に強く訴えたくて、リークするという「ウイン・ウイン」の関係だった。

広中のようなロートルは、そうした古いやり方を知っている。だが、彼は誰とでも親しくするわけではなく、相手をしっかり見極める。

佐々木は、その試験期間中ということだ。

佐々木は現状を洗いざらい報告した。杉田はメモを取っている。

「それで、目星はついたのか」

「いえ、行き詰まりました。事務官に直当たりするのも考えましたが、そんなことをすれば、直ちに出禁になるでしょうし、立ち往生しています」

「P担を始めて四ヶ月目にしては、よく頑張ったと言っておこう。だが、相手に察知された以上、ここからは簡単には動けないぞ」

さすがにそれは分かっている。だからこそ、昨夜も北原に相談に行った。北原からは「辛抱の時だな。いずれ彼らは、聴取のために関係者を呼ぶだろう。そこまで粘れ」とアドバイスされた。尤もそれは杉田には内緒だ。部署の異なる部長に相談しているのを、杉田が喜ぶとは思えないからだ。

「ここで諦めたくはありません」

「策はあるのか」

「いずれターゲット周辺の関係者が聴取されますよね。それまで張り込みます」

「おまえ一人でか」

限界があるのは分かっているが、それしか手がない。

「ここにいるクラブ員は、信用できないか」

「そうではありませんが、皆さん、忙しくされています。それに、まだ立件できるかどうかも分かりませんから」

大袈裟に舌打ちされた。

「立件されてから取材するようでは、手遅れだろ。おまえ、自分だけで結果を出そうと焦っているだけじゃないのか」

焦ってはいる。だが、司法クラブの先輩たちを馬鹿にしているわけでも、スタンドプレイをしたいわけでもない。支局勤務時から、このやり方しか知らないのだ。

「別に手柄を独り占めにしたいとかいう邪心はありません」

「ならば、周りを巻き込めよ。おまえが今やっていることは、一つ間違えば、日本の総理大臣を決める民自党総裁選の妨害行為と言われかねないんだぞ」

「分かっています。だから、僕一人でやるべきかと」

「面倒な政治案件を独力で捌(さば)けると思ってるのか。永田町だけじゃない。検察の圧力は、警視庁の比じゃないぞ。そこに一人で立ち向かうとは、何様のつもりだ」

一言もない。

「今から、おまえのヤマは、P担だけじゃなく、司法担当七人全員の事件だ」

6

六本木ヒルズの事務所に戻った聖は、関口健司の耳を引っ張った。

「痛っ！　なんですか⁉　俺、何かやらかしましたか」

「これから本多先生の選対本部に行く。で、おまえは総裁選が終わるまで、ずっと選対本部に居座ってこい」

「また、スパイをやるんすか」

以前、町長選挙の案件で、敵陣営に潜り込ませたことがある。

「今回は、スパイというより、連絡係だ」

「でも、その間、運転手はどうしますか」

「千香がやる」

「いや、それはやめた方がいいっすよ。あいつ、とんでもないスピード狂ですから」

パンキッシュ・ハッカーを自称する高月千香には、ラリードライバーという別の顔がある。

「スピード狂なら、おまえも一緒じゃないか」

「僕のスピード狂は、安全第一ですから。あいつは、あのピンクのあたま同様、運転もクレイジーっすからね。タクシーをお使いになるか、ご自分で運転するか、どちらかをお奨めします」

そこに、当の本人が戻ってきた。

「おまえ、何、その格好は」

普段は鶏冠(とさか)を立てたピンク色の髪が、艶やかな黒髪に戻っている。さらに、革ジャンにパンクバンドのプリントTシャツしか着ない女が、黒のパンツスーツを着こなしている。

「おっす！　社長、こんな格好でよろしいでしょうか」

高月は健司の発言を無視して、自分用の椅子を健司の隣に置いて座った。

「馬子にも衣装だな、千香。しかも、なかなか決まってるじゃないか」

「土台がいいからね。健司ちゃん、運転は私に任せて。そして、思う存分、あの女王様の下でこき使われてきて」

「ちなみに、何を報告すればいいんですか」

「選対本部を訪れる人の記録、さらに、本多先生のスタッフたちへの態度をよく見ておけ。何より重要なのが、秘書の天草洋人の動きだ。奴の行動は可能な限り捕捉しろ」

「それから、タイミングを見計らって、これを天草ちゃんのパソコンに差してくれない。二分でいいから」

千香がスティックメモリを健司に渡した。

それは違法じゃないのか、とは健司も聞かない。聖事務所では、この手の行動は「情報収集の一環」だったし、健司もその重要度は理解している。

「天草って、『女王様のアレクサ』って呼ばれてるんだって、何を頼んでも、『畏まりました』しか言わないんだって」

「俺もそういうアシスタントが欲しいな」

「聖さんには、無理。アレクサに愛されないとダメだから。アレクサ天草は、本多先生が『殺せ！』と命じたら躊躇わないってさ」

「他に情報はないのか」

「天草の情報は、本当に少ないんだ。分かってんのは、東京都小平市出身で、姉がいたこと。その姉も、本多先生の事務所の元スタッフなんだけど、昨年退職。奴は、その代わりで採用された模様」

勤務期間が短ければ、情報が少ないのは致し方ない。だが、一つ気になることがあった。

「そんな短期間で、本多先生の命令なら殺人も辞さないまで、本多先生を崇拝するのは、天草君の性格か」

「どうだろう。私、彼に会ったことないんで。聖さんの印象は？」

「あいつは、影が薄いんだ。だから、俺はユーレイって秘かに呼んでいる。そんな熱い男には見えない」

「でも、思い詰めるタイプかも知れませんよ。僕は、そう感じましたが」

健司は、ロジカルな分析はできないが、感覚的な評価は、まずまず優れている。だから、彼の判断は考慮に値する。

「辞めた姉の在職期間は、分かるか」

千香が、キーボードを叩いて、天草の姉の情報を検索している。

「えっと、約二年だな」

「履歴書は、入手できているのか」

「それはない。メールで、本多事務所に送付してくれていたら、手に入ったけど。手書きのを提出したのでは？　彼女についての情報も少ない。私設秘書だったから、ほとんどネット上に情報がない」

「姉の辞めた理由や、現在の状況については」

「すべて不明。だから、健司君に、天草のＰＣから情報を抜いてもらうしかないってことよ」

「聖さん、僕らは本多先生の選挙コンサルをしているんですよね。なのに、なぜ、秘書の情報にこだわるんですか」

「孫子の兵法だ。彼を知り己を知れば百戦殆（あやう）からず――」

「なるほど。でも、今頃、そんなことをするなんて、聖さんらしくないですね」

健司は時々、無意識に核心を突く。

聖は睨んだだけで答えなかった。

「分かりました。しっかり潜入してきます。でも、やっぱり運転手は、千香ちゃんじゃない方がいいっすよ」

いきなり千香が、健司の足を蹴った。

ショートブーツの先端が脛を直撃し、健司はうずくまって悶絶している。

「で、千香。ライバル陣の情報だが」

「まず、九重薫先生情報から。速攻で、事務所は『週刊文潮』を告訴すると反撃しているけど、総裁選はＴｈｅ Ｅｎｄだね。問題となった教団も、かなりヤバいよ。新垣さん的には、総裁選から引きずり下ろすだけでは済まない。議員辞職まで追い込みたいかも」

「総理からは、何の声明も出てないんだろ」

「今は様子見でしょ。ちなみに九重先生は事情聴取されてるみたい」

新垣は我が身に火の粉が降りかかる時の対応は早い。しかも、彼は本多の出馬に神経を尖らせ、次々と手を打っている。

「ちなみに静村センセは、九重先生問題が発覚したので、新垣総理から頼まれて、出馬会見を延期したそう」

「彼は、旧立志会に所属しているのに、新垣の頼みを聞いたのか……」

つまり、本多ではなく、新垣を選んだということなのだろう。

「私、与党総裁選の分析って初めてだけど、何だか、どいつもこいつも人間としてちっこい奴ばかりで、辛いわ。結果的に、さやか先生が一番マシな気がするけど」

「で、総理の弱点は見つかったか」

「これが、意外になくってさ。新垣さんて、もうびっくりするぐらい、つまらない経歴。見るからに悪代官のイメージがあるんだけど、政治家としては節度があるみたいで、ヤバいところまでいかない。昔は、かなりの女好きで鳴らしたそうだけど、もはや涸れっぱなし。集金力はあるけど、ああ見えて、私腹は肥やさず、配下の政治家への金払いはいいんだよね」

千香の分析は的を射ている。昔から「やな奴」だったが、巨悪というほどではない。本来、総理の器ではなく、幹事長か副総裁あたりが丁度良いのに、棚からぼた餅式に最高ポストが落ちてきただけだ。

「家族はどうだ?」

「奥さんは政治家の妻の鑑みたく言われている。二男二女だけど、みなさん良い子ばかり。長男は、商社マンで政界に興味なし。娘二人も家庭に収まっている。次男が今、公設第一秘書を務めているけど、毒にも薬にもならない」

その時、真藤久美子からメールが来た。

〝本多外相が予定より早く帰国したようなので、インタビュー収録を早めたい〟

断る理由はなかった。

7

折原が店に到着した時は、既に会は始まっていた。

前日に陸奥ゼミの学生から〝首相公選制の勉強会があるんですが、参加しませんか〟というメールを受け取った。

世論調査の準備で、二度ほど面識のあった学生からの誘いだったのと、個人的に今、一番深掘りしたいテーマだったので、出席すると返した。

高田馬場にある洋風居酒屋「風車」という店のボックス席に若者が六人集まっていた。

「折原さん、お忙しいのにありがとうございます」

連絡をくれた秋村美菜が、折原を紹介したが、「メディアの参加はお断り」という態度を示した学生はいなかった。早大だけではなく、明治、ＩＣＵ、立教などの大学生に加え、主婦もいた。

「実は、私たち、首相公選制を実施せよ、というデモを計画していまして」

「えっ！　そうなの？」

陸奥教授は、「デモなんて無駄」が持論だったはずだ。

「だって、有権者の一％未満の人が、日本の総理を決めるって、おかしくないですか」

「陸奥教授は、デモは無意味って、よくおっしゃっているけど」

「先生のような政治学者からすれば、幼稚な行為かも知れません。でも、思いきって声を上げて自ら関わっていかないと、政治って、いつまで経っても遠い存在でしかないじゃないですか」

その理屈は、折原もまったく同感だが、その答えがデモになるのは、同意しかねた。

折原の脳裏に浮かんだのは、二〇一五年から一六年にかけて、国会議事堂前に若者が集まり「安保法制反対！」「九条を守れ！」と連日繰り広げたデモ活動だ。

どこにでもいるような若者が、国会議事堂前で上げた怒りの声に、折原は驚きと共に違和感も感じた。

政治に関心を持ち、政府の方針に異を唱えることは尊い。だが、彼らはいったい何を求めているのかが、ずっと分からなかった。

そのせいか、陸奥が「デモでは政治は変わらない。変えたければ、選挙で自分の代弁者を選ぶべきだ」と説く言葉の方が、腹落ちした。

「秋村さんから聞いたんですが、東西新聞は、模擬総裁選国民投票を実施するそうですね。それって、なんか偽善じゃないんですか」

東田（ひがしだ）という秋村と共同幹事を務める明治大学の四年生の指摘は、耳に痛かった。

「そうかな？　総裁選を自分事として読者に感じてもらえるチャンスだと思うんだけど」

「それで社会が変わりますか」

変わらないだろうな。そもそも話題にすらならないかも知れない。

「だから、やめろと？」

「この一％未満の国民が総理を決める違和感を、多くの人におかしいと思ってもらうためには、東西新聞のアンケートだけではなく、実力行使も重要じゃないかって、考えたんです」

なるほど、そういう発想か。だとすれば、面白いかも知れない。

「私たちの総理は、私たちの投票で！　をスローガンに、告示三日前から民自党本部前で始めようかと思うんです」

「つまり、首相公選制を実施せよということね。でも日本には、首相公選制は馴染まないし、実施するには、憲法を改正しなければならないと思うけれど」

「現在の日本の憲法ではそれが難しいことも、日本の場合、アメリカのトランプ大統領以上にとんでもない人が総理になる可能性が高いのも承知の上です。でも、そういう気運を高めることで、総理大臣って私たちにとって何なのかって疑問を提起したいんです」

「首相公選制こそが、日本を良くすると、本気で確信しているよ。まあ、憲法とか面倒なことはあるけどね」

　東田の声は自信ありげだ。

「出馬表明している三人を見て下さいよ。現総理の新垣は、ボケ老人でリスクを取らないボンクラ、本多さやかだって上級国民志向でしょ。さらに九重っておばはんは、怪しい宗教に汚染されている。こんな人たちに、日本を託せると思いますか。これは悲劇です。だから、僕らはもっと怒るべきだし、やっぱ自分たちが託せる人に総理になって欲しいじゃないですか」

「ちなみに東田さんは誰推しですか」

「いや、特に考えてませんけどね」

　勢いよくまくし立てていた東田が言葉を詰まらせた。周囲の仲間が、意味ありげに笑みを浮かべている。

「何だよ、いつも草加祐理(くさかゆり)推しじゃんか」

「国際政治学者の？」

　討論番組で、年長者相手に上品かつ理路整然と持論を述べるハーバード大出身の草加は、年齢を問わず一定の支持がある。折原は、どこか胡散臭さを感じているのだが。

「ええっ！　あんな人がいいんだ」

　予想通り、女性から冷やかしの声が上がる。

「いや、彼女のグローバル感覚と老害爺さんたちへの駆逐力は敬意に値するよ」

「でも、政治家としての実績はゼロよね。そういう人が、複雑な総理大臣という役職をこなせると思う？」

「確かに、経験はありませんが、現役の国会議員よりもちゃんと国政を行えると思いますよ」

が残念だった。
それなりに政治的な知見も理解もあるように見える学生でも、総理を印象で選ぼうとしているのが残念だった。

「ちょっと東田君、話を逸らさないで。折原さん、私たちがやりたいのは、問題提起です。いつまでも一％が選ぶ総理でいいのかという」

秋村の主張には、全面的に賛同したい。

「その点は、重要だと思います。それに、実際に行動することは尊い。だったらデモについて、取材して記事にさせて下さい」

それから二時間余り、折原は若者たちの熱い議論を聞いていた。

幼さも青さもある。だが、その議論は健全だったし、何よりただ批判したり、無関心で放置したりするのではない行動は重要だ。

8

正式に出馬表明していないが、本多さやかの選対本部は、溜池山王にある高層ビルの一室にあった。彼女の話では、彼女の支援者がビルを所有しており、空き物件を、格安で貸してくれているらしい。

通常であれば、総裁選の選対本部は、各派閥の事務所内に設けられる。旧立志会の事務所は、今でも永田町内のビルにあるのだが、本多はそこを避けた。

脱派閥のためというのが、一番の理由だが、旧立志会に所属した議員全員が、本多を推しているわけではない。そのため、彼らを妙に刺激すべきではないと配慮して、別の場所を借りた。

とはいえ、インテリジェントビルの二七階に、選対本部があるというのは、聖から見れば違和感がある。

「選挙の選対本部にするには、微妙なところですね」

高速エレベーターの中で、健司が呟いた。

「選対本部って誰もが出入りしやすい場所でなくちゃ、機能を充分に発揮できてると言わないでしょ。でも、ここは人を寄せ付けない高級感があるし、寒々としています」

健司の言いたいことは、聖にも理解できた。

やはり、党本部の近所にあるぼろビルのどこかにすべきだったかも知れない。

二七階の選対本部に到着すると、等身大の本多の写真パネルに迎えられた。

受付は無人で、内線電話で来訪を告げた。

すぐに奥から人が現れ、二人を案内した。

プレスルームとしても使う予定の五〇平方メートルほどの部屋には、若いボランティアスタッフが忙しそうに立ち働き、他の議員の秘書らが雑談している。

部屋の壁には、推薦人をはじめとする国会議員の激励文が貼られ、壁には数台のテレビモニターでNHKや民放各局の映像が流れている。

その光景は、いかにも選対本部らしい。

「こちらへ、どうぞ」

案内の女性に誘(いざな)われ、二人は、スモークガラスで仕切られた会議室に案内された。健司が案内してくれるスタッフに話しかけた。

「本多先生のお部屋は、どこなんですか」

「この廊下の一番奥です」

「天草さんのお部屋は？」

「その隣です。まもなく、二人もここにやって参りますので」

スタッフは、ＩＣカードでドア横のタッチパネルに触れて、ロックを解除した。

二人きりになると健司は、早速愚痴った。

「個室は、ＩＣカードがないと開かないと思うんすよね。それで、どうやって天草さんのＰＣにスティックメモリを指すのか」

「おまえなら、やれるだろう」

「また、無茶な」

ぼやきはするが、健司は命じられたミッションは、必ずやり遂げる。ドライバーとして採用したのだが、そのミッション達成力の高さは、なかなかのものだ。

本多が天草を従えて現れた。なんと、東大路も一緒だった。

「やあ、聖さん、ご苦労さん」

東大路が声を掛けてきた。

「先生、どうも。本多先生も、お疲れ様でした」

「日々、本多先生の支持者が増えているね。これは、決選投票をやるまでもなく、新しい総裁誕生となりそうだよ」

「東大路先生、そんな夢みたいなことを、おっしゃらないでください。今日も、総理にこってり絞られて、ヘロヘロなんですから」

そう言いつつも、本多は明るく笑っている。

「では、外相留任なんですね」

全員が席に着くなり、聖が尋ねた。

「たっぷり嫌みは言われましたけれど、総裁選が終わるまでは外相を続投せよと。それどころか、自分が再選したら、もう一度、外相を任せたいとまで言われました」

その結論は不本意なはずなのに、本多は、上機嫌だった。

「それで、何とお答えになったんですか」

「私でよければ、喜んでとお答え致しました」

「そういえば、静村先生が出馬なさるそうです」

本多が思い出したように告げた。

新垣支持を表明したのに、方針転換をしたのは、九重の撤退が避けられなくなったせいだろう。

「それは、ご本人からご連絡があったんですか」

「ええ。どちらかが二位に残ったら、タッグを組もうとおっしゃって下さいました」

新垣に説得されて出馬を断念したのではなかったのか……。

こんなブレブレの態度では、どんどん支持者を失っていくのが、静村には分からないとは、情けない限りだ。

「これで、決選投票はないでしょう。本多先生の地滑り的大勝利間違いなしだから」

東大路がまた、本多圧勝を宣言した。

「あの、先ほど一部のメディアが、根津先生の出馬を伝えていますが、聖先生、何かご存じですか」

蚊の鳴くような声で、天草が尋ねた。彼はいくら言っても聖を「先生」と呼ぶ。

「どこが報じているんですか」

「えっと、『政治村』というオンライン政治チャンネルです」

天草がタブレット端末をテーブルの上に置いた。

遂に出馬表明か
根津幸太朗・元経済再生相に動き

見出しを読む限り、根津事務所が発表したものではなく、憶測に近かった。

「彼は、推薦人を集められるんですか」

東大路の指摘に、本多も頷いている。

「根津先生と政策論争ができたら、総裁選は盛り上がりますから、ぜひ、ご出馬戴きたいですね」

本多の言葉に優越感が滲んでいた。

9

「遅くなってしまって、すみません」

その夜は、佐々木が訪れても、北原はデスクで資料を睨んだまま顔も上げない。

片隅に空になったグラスと汚れた皿が見えた。

「北原さん、お疲れ様です！　お酒、おかわり作りましょうか」

「そうだな、ソーダ割りにしてくれるか。それより腹減ってないか、おでんがあるぞ」

台所に行って、まだ半分ほど残っている角瓶から二人分のハイボールを作って、リビングに戻った。

「何をご覧になってたんですか」

「倉山の息子が、とんでもないものをくれたんだ」

故鳴海匡の秘書で自殺した倉山桂一の息子に、北原は会ってきたらしい。

グラスを置いたガラスのテーブルに、分厚いコピーの束がある。

「日誌ですか。几帳面な文字でびっしり書かれていますねえ」

「総裁選に出馬した頃の鳴海の業務日誌だ。筆跡は、自殺した倉山のものだと、息子も証言している」

日誌には、関係団体や人物のイニシャルと思われる英文字と、用件が記されていた。

〝X派から、三人。農水案件一つと三本〟

〝Y派の選対から決選投票の際の提案あり。OSが持ち込み。信用度低し〟

いずれも多数派工作の状況や、その見返りなどが綴られている。

「これって人物は特定できているんですか」

「いや。それよりも、こっちの手帳が気になってね」

国会手帖とおぼしき手帳に、数字の一覧が並んでいた。

「三桁の数字の後に¥マークかぁ……。これはエグいっすね。こんなにカネをばらまいていたんですか」

「そういう時代だったんだよ。鳴海は、まだ政治的影響力が弱かった。だから、カネで釣るしかなかったんだろうな。単純に合計してみたんだが、二億円を超えてる」

二億円で総理の座が買えるのなら、安いかも知れない。

「あの時の総裁選は、長期政権を終えた前総理の後継者争いという様相で、七人もの候補が乱立した。実質は、財務大臣の河嶋、幹事長の隅田、経産大臣の蒲原の闘いと言われていた。鳴海は、河嶋派の若手で、派閥を横断して当選四回目までの若手支持を得て、出馬した。

最終的には、隅田が総裁になるのだが、彼のカネのバラマキは壮絶で、五億円を超えたと言われている。そして、蒲原も三億。しかし、クリーンが売りの河嶋は、ほとんどカネをまかず、せいぜい三〇〇〇万円程度だったようだな」

結果的に、鳴海は自身の派閥の長である河嶋を抑えて、三位に滑り込んだ。

「撒いた金額が、結果に比例したんですね」

「俺が取材した時点では、約一億五〇〇〇万円だと見られていたんだけどな。まさか二億を超えるとはな」

「それだけで、スクープですね」

「今さら、何の意味もないよ。鳴海匡なんて、誰も覚えていない。それに隅田と蒲原が使ったカネは、もっと多かったわけだからな」

では、北原を夢中にさせている原因は、何なんだ。

「このバラマキ帳の中で、ひときわ金額が多い人物がいるんだ」

北原が赤いサインペンでマークした。

「〝OS〟という人物ですか」

「こいつだけで、七回、合計で約一億円に及んでいる。日誌を照らし合わせると、この人物は、どうやら支持者の獲得工作をやっていたようだ」

「なぜ、この人だけ数字ではなく、〝ＯＳ〟なんでしょうね。正体の見当はついてるんですか」

北原が、別のコピーを提示した。

当時の民自党の国会議員名簿だ。二人の名が赤いサインペンで囲まれている。

清水収と園村音和だ。既に園村は鬼籍に入っている。

「既に鬼籍に入っている園村は、隅田派の重鎮だった。また、清水にカネのトラブルはなく票を取りまとめるような腕はない。俺の勘ではどっちもハズレだな」

清水は存命で、今も議席を有し法務大臣を務めている。

「じゃあ、氏名の頭文字ではないと？」

「何とも言えん。落選して浪人中だったかも知れないし、〝ＯＳ〟は別の意味を持っている可能性もある。

根拠はないが、〝ＯＳ〟が誰か分かると、例の資料を送りつけてきた意図が判明する気がするんだ」

それは長年事件記者として一線にいた北原にだけ見える〝予感〟めいたものが、あるのかも知れない。

「いずれにしても、一度、清水に会ってみる。おまえも、そろそろ聖に接近してくれないか」

「折原という先輩が今、聖さんに密着取材していますので、取材に同行させてもらう段取りをつけました」

「奴なら、この〝ＯＳ〟が誰か、分かると思う」

汚職には関わってなくても、日誌の略語の意味は知っているだろうということか。

「それを私に言うかどうかですね。むしろ折原さんにやらせた方が獲れるのでは。彼女は、生真面目だ。取材先の懐に入り込むのが、上手なんです。今まで絶対に取材に応じなかった聖さんから信頼を得ているぐらいですから」

「だが、折原君が聖に気に入られたとは思わないことだな。総裁選のために、手なずけられる記者が必要だっただけかも知れん。この際、鳴海のことを知っている者がいたら、聖にこだわらなくていい」

第六章　暴走する女

1

「こんばんは、真藤久美子です。今日の『ホット・スポット』のゲストは、日本初の女性総理大臣を目指す衆議院議員、本多さやかさんです」

民自党総裁選挙告示まであと五日――。本多にとって重要なアピールの場となる番組が始まった。

同行した聖はスタジオの片隅で、本多の様子を見ていた。彼女は、まったく緊張していないし、それどころかリラックスしている。

生放送番組は、失言を取り消せないし、内容をコントロールできない。約四五分にわたって真藤が、次々と質問を投げるのだが、台本には、概要的な骨子しかない。しかも、「当日の話の流れによって、話題が台本から外れる可能性がある」と断りがある。つまり、どんな矢が飛んでくるのかが分からない。

過去に何人もの政治家が、久美子の餌食になっている。時に何げない一言から主張の矛盾を突かれたり、時に話し上手な彼女に乗せられて、うっかり本音を口にしたばかりに謝罪会見を開かざるを得なくなった例もある。

そのため、聖は想定問答集を作成した。だが、何事も自然体を貫きたいという本多は難色を示した。

――こんなのを事前に練習すると、かえって不自然になりませんか。

それを、天草が説得し、何とか様になるまでリハーサルを繰り返した。

「さて、いよいよ民自党総裁選告示まで、あと五日に迫りました。改めて伺いますが、出馬のご意志は揺るぎませんか」

「実は、毎日、私なんかにできるのかと、不安になっています。でも、日本の未来は暗澹としているというムードがあって、それを変えたい。若い世代が、日本に生まれてよかったと思ってもらえるために全身全霊を懸けるという気持ちだけは、誰にも負けないつもりです。

でも、与党の総裁とは、どうあるべきかを考えるたびに、情熱だけでその重責を背負えるのか、そもそも私にそんな資格があるんだろうかと不安になるんです」

「本多さんはご自身の信念を貫く方だし、一度決めたらまっしぐらだと思ってました」

「そういうふうに見られがちなんですが、本当は膝はガクガクで震えています」

「じゃあ、土壇場で出馬をやめる可能性もある？」

「今立たなくて、いつ立つんだって、自分を叱咤激励しています」

「今でなければならない理由とは？」

久美子は、相手に暇(いとま)を与えず、瞬時に次の質問を繰り出す。

「真藤さん、現在の日本は崖っぷちにいると思われませんか」

「私がどう思っているのかはともかく、本多さんはそう感じてらっしゃるんですね」

「国際政治の舞台では、個性的な為政者が次々と登場しているのに、日本はアピールできていません。経済も、円安のせいで一人負け。そして、若い世代は未来に希望をなくしている。これは、もう末期的です」

「それは、明らかに現政権批判に聞こえますが」

「批判というより、死力を尽くして頑張っているのに、世界に遅れているという現実を申し上げました。私も、外相として己の非力を日々痛感しています」

ここは正念場だった。外相という要職にはあるが、首相に反旗を翻すのだ。総理の方針に追従する必要はない。

「外相として非力を感じてらっしゃるという言葉は、重いですね。でも、民自党の総裁になるということは、日本の内閣総理大臣に就くという意味です。外相よりはるかに重責です」

予想通り、久美子は辛辣に斬り込んできた。

「外相として非力と申し上げているのは、日本の国益を考えた外交を行うためには、時にアメリカなどの意向に逆らう必要があります。しかし、総理に受け入れていただけなかった。その意味で非力だった。ならば、全権を背負うことで、与党として国益を守る姿勢を貫きたいと考えています」

「日本はアメリカの五一番目の州だとよく言われますが、そういう立場を改めるという意味ですか」

「はい」

躊躇わずに即答した本多に、久美子が驚いている。

「本多さんは、出馬宣言をされた時に『三つの誓い』を公約として掲げられました」
一、**民自党が、大躍進すること**
二、**母性ある政党**
三、**平和維持のために憲法維持**――

久美子が本多の公約を読み上げた。

「いずれも、大変ユニークであると同時に、本多さんらしい言葉だなと思いました」

「そう言って戴けると嬉しいです。できるだけ日常的な言葉で、訴えようと知恵を絞ったんですが、分かりにくくないですか」

「ストンと落ちる言葉だと思います。敢えて言えば、『母性ある政党』というのは、やや抽象的ですけれど、各誓いに説明文が添えられていますから、それを読めば、なるほどと納得しました。

私が感心したのは、『母性ある』と銘打つと包容力とか優しさとかとイメージするのですが、それと同時に『時に国民を厳しく叱ることも必要』という意味もあるのだという箇所に驚きました」

「ちょっと不遜かと思ったのですが、『母性』とは、大切な人のために時に厳しく接することだと、私は考えています。だから、僭越ではありますが、国民の皆さんにハッパをかけたり、私たちの過ちを正すことも重要だと考えました」

こういうデリケートな発言を、本多は怖れない。

「その発言を伺っていると、本多さんが本気で国民と向き合うという覚悟を感じます。

そして、それ以上に驚いたのが、三番目の誓いです。文字面だけを追っていると平和憲法を守れという意味かと思ったら、違うのですね」

「いえ、平和憲法を守れと言ってるんですよ」

「でも、守る理由が違います。日本がアメリカの戦争に巻き込まれないために、アメリカが制定した日本国憲法を楯にしろという発想ですからね。

これは、集団的自衛権を認めるとした安保法制を改正するということですよね」

「そこは、まだ思案中です。しかし、太平洋戦争が終わった時に、アメリカ主導で制定された憲法は、日本が戦争に参加することを認めないとしているんですから、自分から戦争に参加しなくてもいいじゃないの、という意味です。それを貫いていけば、何を為すべきかはおのずと見えてくるのではありませんか。

今日本に大切なのは、戦争に巻き込まれないことです。それを主張するために、日本国憲法は大変便利じゃないですか」

久美子は、そこで話題を変えた。

「総裁選に当選されたら、日本初の女性総理大臣誕生です。それについては、何か感じてらっしゃることはありますか」

「日本では、女性初というだけで、まるで大事件です。でも、もはやそういう時代ではありません。私は、初めての女性総理と言われるより、国際社会で堂々と自己主張できる初めての総理大臣と言われたいです」

これも、重要な発言だった。

選挙にジェンダーは持ちこまない。それよりも、もっと大きな視点で発言せよ。

「本多さんは、知米派として知られていますが、アメリカで留学したハーバード大学ケネディスクール、さらにはブルッキングス研究所では、中国研究をサブテーマになさっていました。北京大学にも留学されていますね。

政治家になられてから、中国についての発言をなさっていませんが、何か理由があるんでしょうか」

聖も知らない情報が飛び出た。

留学時の主テーマは、安全保障と外交だった。また、ブルッキングス研究所では、主に日米安全保障を専攻していたと記載されていた。

本多もその質問には少し驚いたように見える。

「さすがに真藤さん、よくお調べですねえ。私の大学の恩師にアメリカを学ぶに当たっては、もう一つの大国についても学ぶようにとアドバイスをいただきましたので」

「彼を知り己を知れば百戦殆からず——の思想ですね」

「別に、中国を仮想敵だと考えているわけではありません」

「本多さんは、たくさんの中国の著名人と交流されていますよね。映画女優、アーティスト、さらに政治経済界の重鎮。中でも、昨年政治局委員に抜擢された李毅(りき)さんとは、大変お親しいとも聞きました。今でも頻繁にお会いになってらっしゃると。実は親中派でもいらっしゃるんですね」

いったい、どこからこんな情報を入手したんだ。

「……確かに、李毅さんは大学時代から親しくしています。彼は本当に優秀ですし、大変な親日家でもありますから、時々情報交換をしているのは事実ですが……。親中派と呼ばれるのには、若干抵抗がありますね」

「どうしてですか？　日中友好もまた民自党の重要な党是では？」

「まさに、その通りですが……、今は、米中が大変な時期なので、李下に冠を正さずの格言を大切にしたいと思います」

2

折原の同行者として、佐々木はＰＴＢのスタジオにいた。聖とは初対面だったが、二つ返事で認めてくれた。

放送が始まると佐々木は、真藤のインタビューに夢中になった。

真藤は聞きたいことをズバズバと尋ねる。相手に暇を与えないため、受け手はどんどん追い詰められていく。

一方で、本多も健闘していた。

佐々木としてはその様子を見る聖も気になる。ネガティブキャンペーンを一切行わずに、当選に導く選挙コンサルタントなんて、もっと評価されるべきではないのかと思うのだが、永田町での評判は悪い。

支援するのが常に権力者に物申す候補者であるというのが一因らしい。

今回の総裁選挙も、現総理である新垣から選挙参謀を依頼されたのに、派閥の領袖ですらない若手の本多を選んだことで、民自党はお冠だ。

やがて収録が終わりに近づいてきた。そこで真藤があらたまって挨拶をした。

「さて、私事ですが、今夜の放送をもちまして、私、真藤久美子は、この番組を卒業致します。ありがとうございました」

聖がスタジオから出た。折原が動いたので佐々木も続いた。

「いやあ、痺れるインタビューでしたね。私は改めて真藤さんの凄さに鳥肌立ちましたよ」

折原はすっかり興奮している。

「本多さんが、親中派だったのではという質問には驚きましたが、聖さんの想定内ですか」

「質問の相手を間違ってないか。それは、真藤久美子に聞け」

「つまり、聖さんはご存じなかったってことですね」

そこで本多が、スタジオから出てきた。

さすがに本多も怒っているように見える。

「お二人さん、今日はここまでにしてくれ。それと、折原君、さっきの質問だが、本多先生が親中派だったなんて事実はない」

聖と秘書の天草の二人を従え、本多は廊下を早足で進んでいった。

折原は、スタジオに戻ろうとしている。

「なんだ、先生を追いかけなくていいんですか」

「それより今は、真藤さんでしょ」

スタジオでは、真藤が抱えきれないほどの花束を受けながら、談笑していた。

「真藤さん、今夜のインタビューは完璧なトークでしたね」

「えっとあなたは、東西新聞の？」

「折原です。せっかくなので、記念写真お願いしてもいいですか。佐々木君、撮って」

折原はそう言うと、スマホを佐々木に渡した。

こいつ単なるミーハーかと呆れたが、真藤の隣で、折原は何か囁いている。佐々木は、スマホの扱いに手間取っているのを装いながら、折原に時間を与えた。

最初の内、真藤は折原の囁き戦術に微笑んでいるだけだった。だが、やがて一言二言何か話した。

佐々木は最初はツーショットで、そして、真藤にフォーカスして動画撮影した。

3

車に乗り込むなり本多は、スマホを触っている。隣に座った聖は、五分我慢したが、限界が来て口を開いた。

「未来の総理候補が、中国共産党の期待の星と頻繁に会っていたのを隠していたというのは、どういうことですか」

「別に隠していたわけではありません。誰も聞かないから、話さなかっただけです。それに、彼との付き合いは完全なプライベートです」

「先生は、外務大臣なんですよ。そんな言い訳は通用しません」

車が地下駐車場を出ようとしたそのタイミングで、数人の記者やカメラマンが進路に立ちはだかった。

運転手がクラクションを鳴らしても、誰も避けようとしない。

「まさか、あんな質問が飛び出すなんて、想像もしていなかった。さすが真藤さんね」

「感心している場合ではありませんよ」

「でも、失言はなかったし、訴えたいことは言えました」

「プライベートとはいえ、今の時代に親中派のレッテルを貼られるのはまずい。それに今まで、中国に対して踏み込んだコメントをしたことがない。それもいずれ勘ぐられます」

「では、会見でも開きましょうか」

「やぶ蛇です。しかし、明日以降のメディアの取材では、この点を徹底的に質問されます。覚悟して下さい」

本多が、ため息をついた。

「疚しいことは、何もありません。李君のことも堂々と話せます。それに中国研究は、敵を知るためです」

「本多先生、軽はずみに中国は敵なんておっしゃってはいけません。イランや北朝鮮ですら、総理の立場からすれば、日本の敵ではないんです」

「おっしゃる通りね。今まで以上に発言に気を配ります」

「では、もっと重要な話をしましょう。先ほどの隠れ親中派疑惑の質問のせいで、当分の間、メディアはあなたにその件しか質問しないでしょう。『三つの誓い』なんて、誰も興味を持たない。つまり、告示日直前にあなたは、選挙公約を伝える術を失ったんです」

4

「佐々木君が『当確師』に興味を持った理由を教えてもらえる?」

ＰＴＢの帰りに立ち寄ったイングリッシュ・パブで、折原は佐々木に尋ねた。

答える前に、佐々木は二杯目のビールを買いに立った。その間に、折原は主要オンラインニュースをチェックした。

〝本多さやかは、隠れ親中派⁉〟という類いの見出しがあちこちのサイトのトップニュースになっている。

こんなとんでもない情報を、真藤はどうやって入手したのだろう。

先ほど、並んで写真を撮っている間に、真藤に直当たりしたのだが、「企業秘密よ」とはぐらかされた。

唯一の収穫は、「アメリカが彼女に注目しているおかげかな?」という発言だった。

「注目」の意味が気になった。おそらくはネガティブな意味だろう。だとしたら理由が分からない。従来の民自党の総裁とは違う〝敵〟になるかも知れないと警戒しているということなのだろうか。

目の前にエールのパイントグラスが置かれた。

「先輩は、鳴海匡という元代議士の名を聞いたことありますか?」

つまみのポテトチップスをビールで流し込んで佐々木は話し始めた。

「えっと、何か最近、その名前を見た気がするけど……。思い出せないな」

「かつて聖さんが政策秘書を務めていた」

「あっ! そうだった。でも、鳴海さんは、ずいぶん前に亡くなっているのでは?」

「鳴海は、民自党の総裁選で多額の裏金を外資系ファンド企業社長から受け、多数派工作のためにばらまいていた。その情報を、特捜部が察知し、逮捕に向けて迫っていた」

初めて耳にする話だったが、そんな古くさい話のために、佐々木は聖に接近しているのか。

「当時、特捜部が鳴海に迫っているのをいち早く察知して、スクープを書く直前まで至っていたのが、北原さんでした」

いかにも〝昭和の伝説の事件記者〟という雰囲気の調査報道部長だ。

「そうだったの」

「結局、特ダネは幻に終わりました。ところが、最近、北原さんの元に、匿名で鳴海事件の捜査資料が送られてきたそうです。そして、『いつまで、鳴海事件を放置しておくのか』というメッセージがありました」

佐々木が話す事の経緯に、折原の記者としての血が騒いだ。

「で、その手帳にあった〝OS〟について、聖さんに当たりたいのね」

「しゃべると思いますか」

「無理でしょう。あの人は、自分の話したいことしか話さない」

「彼の周辺で、鳴海について詳しい者はいませんか」

「調査本部長の碓氷俊哉という人物は、永田町の『生き字引』みたいな人だから、〝OS〟の正体を知っているかも。もちろん、こちらもガードは堅い。あとは、ベテランの女性秘書。鳴海さんのスタッフをされていたらしい。彼女だと、協力はしてくれるかも知れないけど、果たして知っているかどうか」

「ダメ元で、当たってもらえませんか」

「えっ！　私が？」

「親しくしているんでしょう。だったら、僕が聞くより協力してくれる可能性は高いのでは？」

なんとなく気が引けた。並乃は、普通の善良なおばさんだ。彼女が協力してくれるということは、彼女が聖を裏切るという意味でもある。

「気のいいおばさんだから……良心が痛むなぁ」

「〝OS〟が誰なのか尋ねるだけですよ。別に面倒な話ではないでしょ」

「分かった。ちょっと時間をちょうだい」

「二日以内に頼みます。北原さんは、総裁選告示前に真相を暴きたいと考えているようなので」

無茶苦茶だな。

だが、新聞記者は、無茶を平然とやる生き物なのだ。

5

本多は、ガーデンテラス紀尾井町の地下駐車場で車を降りると、エレベーターで上層階に昇った。オフィスフロアの一室にＩＤカードで入ると、身ぎれいな男性が出迎えた。

「先生、お疲れ様です。どうぞ」

壁全面の窓に向かってカウンターがあり、体を包み込むような大きなソファが並んでいる。

「ドライマティーニを、ステアでお願い。聖さんは？」

聖は「では、ウォッカ・マティーニをシェイクで」と注文した。男はバーテンダーだった。

「ここは変な客が来ないから落ち着くんです。それより、聖さんのマティーニ、初めて聞くレシピです」

「私は、ジェームズ・ボンドのファンなので」

本多には通じなかったようだ。

本多は、ぼんやりと窓の外を眺めている。

「日本は、アメリカと中国の橋渡し役を務め、環太平洋の平和を維持しなければならない――。それが私が政治家を目指したきっかけでした」

「そうでしたか。そんな志は初めて伺いました」

「誰にも言ったことありませんから。そんなことを言えば、政治のド素人扱いをされますからね」

「私なら、大尊敬しますけどね」

「それは、聖さんが奇特な方だからです。中国との友好強化などと言えば、〝アカ〟認定ですよ」

さすがにそれは極端かつ短絡的な思考ではないか。

「私がケネディスクールやブルッキングス研究所で、中国研究をしたのは、アメリカ偏重の日本外交のあり方を変えたかったからです」

「立派な心がけだと思います。初めての選挙の時から、そうおっしゃれば良かったのに」

「理想と現実の差を理解しなさい、と亡父に窘められたんです。日中友好はある意味きれい事の理想であり、若手政治家は、まずは親米であるべきだと。しかも、アメリカ暮らしが長かった私は〝アメリカの申し子〟だと看做されてる。そのイメージを大切にするようにと」

彼女の父、本多譲は、外交官から政界に転じ、外務大臣などを歴任して、総理候補と言われるようになった頃に病死した。

そこで、急遽アメリカから帰国したさやかが、父の地盤を引き継いだ。

「でも政治家としての志は最初から変わらないんでしょう？」

「もちろん」

「だとすれば、総裁選出馬表明で言及するべきでした。外相としての実績もあるわけですし、先ほどの志は、あなたのイメージを一新したでしょう」

「真藤さんから突っ込まれた時に、それを痛感しました。もっと早くカミングアウトしておけばよかった。そうすれば、隠れ親中派だなんて言われなかったのに」

今さら唇を嚙んだところで何の意味もない。

「とにかく、今の状況を打破しなければなりません。そのために、本当のことを伺いたい。あなたと、李毅さんの関係について教えて下さい。男女の間柄ですか」

「違います、大学時代からの親友です」

本多は、一度アメリカ人実業家と結婚したが、一〇年前に離婚している。以来独身を貫いており、パートナーがいても不思議ではない。

「二人には同じ夢があるんです。日中が協力し、アジアの世紀を構築する――日中両国が主導するアジア共同体です。それを実現するために協力し合う同志です」

また、とんでもない構想だな。

「そんな共同体は、アメリカが許しませんよ」

「ですから、時間を掛けて準備していました。但し、総裁選出馬の時は、それは封印するつもりでした。民自党の総裁が中国との関係を強化するなんて発言できませんから」

その程度の志ということか。

「それでも、李政治局委員との交流は続いているんですね」

「会ってはいませんが、連絡は取り合っています」

それは、距離を置いたとは言いにくい。

「聖さん、私に一つ案があるんです。李君は親日家です。そこで、彼を中国という怪物の中枢部にいる情報源にしたいと思っています」

「李委員を、日本のスパイにするという意味ですか」

「さすがにそこまでは考えていませんし、彼は中国の期待の星ですからそんな誘いには乗りません。でも、日中関係は、時に外交ルートだけでは、解決できない事態が起きます。特にアメリカが中国に対して、強硬姿勢を取っている現状では、その可能性は高まるばかりです。

だとしたら、両国の間に誤解が生まれるリスクを避ける必要があります。また、外交交渉の落としどころを探るためのルート確保が必要になります。そのために正しい情報が欲しいんです」

本当にそれが狙いなら、本多は李との関係を認めてはならなかった。そんな発言をすれば、中国は李に「売国奴」のレッテルを貼って追放しかねない。

「ならば、李委員との関係は全面的に否定すべきです。それが彼の立場を守ることにもなります」

6

バーを出て、ガーデンテラス紀尾井町一階のエレベーターホールに降りた時、一本のメッセージが入ってきた。

〝父と鳴海先生のことで、大至急話したいことがあります。連絡を下さい。

倉山幹人〟

もうすぐ日付けの変わる時刻だった。

〝こんな時間からでもいいかな？〟

〝聖さんがよければ、ぜひ〟

幹人は、新宿のホテルにいるというので、聖はすぐに向かった。

ホテルに着くと、宿泊客に紛れてエレベーターに乗り込み、幹人の部屋のチャイムを鳴らした。

幹人は聖を迎え入れると、一つだけある椅子を聖に勧め、自身はベッドに腰を下ろした。

子どもの頃から幹人を知っているが、年を重ね、どんどん亡父に似てきた。伏し目がちの姿勢も父の生真面目さを受け継いだようだ。

「母の遺品を整理していたら、貸金庫の鍵が見つかりました。そこに入っていた物です」

そう言って古い日報とコンパクト手帳を、幹人は差し出した。

日報と手帳に目を通すと、倉山の几帳面な文字がびっしりと書き込まれている。

「北原という記者に、コピーを渡しました」

疲れが吹き飛んだ。

「何だって⁉」

「カネに困ってたんです。それに北原さんがとても熱心だったので」

「カネなら、俺がいくらでも工面したのに」

「同情の金は受け取れません。北原さんに、コピーを差し上げたのは、彼が父の死を気にかけてくれたからです」

聖としては返答のしようがなかった。それにしても、父のスキャンダルを暴きかねない記者に、重要な情報を提供するなんて、あり得ない。

「母が口止めしていたのは知っています。それでも、僕はあなたの口からいつか語ってもらえると思っていました。それが叶わなかったから、北原さんに期待した」

「いずれにしても、僕も気が引けたので連絡したんです」

そう言いながら幹人が、聖の態度を測っている。幹人は一〇代の時に、自宅で縊死した父親を発見した。それが、彼にとって深い心の傷になったのは間違いない。父はなぜ自殺したのか。聖も何度も聞かれた。だが、聖は応えなかった。というより、実際のところは、聖はほとんど知らなかったのだ。

鳴海が総裁選の選挙資金不足を痛感し、聖に隠れて懇意にしているファンドの社長から一億円以上のカネを受け取ったこと、その現金授受や連絡係を、幹人の父が務めたこと、知っているのは、それだけだった。

「鳴海さんも自殺だったんですか」

一瞬、躊躇ったが聖は正直に答えた。

「愛人の部屋で腹上死だ。びっくり仰天だったよ。その後、東西新聞の記者が明日の朝刊で鳴海の不正を暴くスクープが載ると言ってきた。それを必死で止めようとした。だから、鳴海の急死も、死因を隠して教えた。その矢先、君の父さんが亡くなった」

あの時は、人生最悪の二四時間だった。

「お父さんが亡くなった原因についても、深く追及しなかった。そして、遺品も熱心には探さなかった」

二人の葬儀を終えて聖は、二度と戻らないと決意して東京を後にした。

「北原さんは、あなたが裏金事件のキーマンだったと考えているみたいだけど」

「それは、俺が鳴海先生の総裁選の選挙参謀だったからだろうな。だが、俺は鳴海先生に、不正に手を染めるなと言い続けた。あの時の総裁選は、勝つためではなく、名を売るのが目的だったからだ。

フェアを貫き、他の候補者とは異なる現実的な政策提案を訴えるべきだったんだ。

そうすれば、近い将来向こうから総理の座が転がり込んでくる。そう説いたのだが、鳴海先生はカネさえあれば、勝てると思い込んでしまったんだろうな」

「そして、父さんが犠牲になった……」

「そうだ。だが、余裕がなかった俺は、倉さんの苦悩に気づかなかった」

「北原さんのところに捜査資料が送られてきたらしいですよ。そこに『いつまで、鳴海事件を放置しておくのか』というメッセージが添えられていたとか」

「資料を送った人物に心当たりがあると言ってたか」

「いや、知らないみたいです」

「幹人は、事件の真相を知りたいのか」

「というより、知るべきじゃないかなと思っています」

「じゃあ、俺が調べるよ。それから、一〇〇万円――。明日、幹人の口座に振り込んでおくよ」

「いや、遠慮しておきます」

「資料代だ」

「それでも、辞退しておきます。実は、母さんの保険金が来週、手に入ることになったんです。それが、思ったより多額で。これで、新しい店を始められる」

幹人は妻と二人で洋食屋を営んでいた。それを火事で失ってしまったのは、聖も知っていた。じゃあ、開店祝いだな。

過去に何度か、資金援助をしたことがあったので、幹人の口座は知っていた。

「店をオープンしたら教えてくれよ」

重いファイルを鞄に詰め込んだ聖だったが、廊下を歩く足取りは、来た時よりはるかに軽かった。

エレベーターに乗った時、碓氷から連絡が入った。

〝大至急、相談したいことがあります〟

7

一杯引っかけたい気分だったのだが、碓氷はバーで落ち合うのを拒否した。結局、六本木のオフィスに戻ると、碓氷が、盗聴器のチェックをしていた。

「なんだ、物々しい」

「この数日、ずっと監視されている気がします」

「心当たりはあるのか」

「ありすぎて、特定は難しいんですが、数日前から続いているので、その頃に始めた調査で、虎の尾を踏んだのかも知れません」

本多さやかなのだろうか……。

「実は、二日前に、突然、アメリカ大使館員と名乗る者から、接触があり、本多先生の調査をやめろと勧告されました」

聖はアードベッグ一〇年のロックを、一気に呷(あお)ると、さらに酒を注(つ)いだ。

「意味が分からんな」

「本多先生は、アメリカにとって重要人物なので、妙な調査は困るそうです」

「本当に中国ではなくＣＩＡなのか？」

「真藤さんが番組で、本多先生を親中派だと言ったとか。でも、私が調べた限り、本多先生と中国との関係は希薄ですが」

「李毅との関係については、何も引っ掛からないのか」

「ハーバード大学に留学していた時に同級生だったという記録はありますが、それ以外は特に見つかりませんでした」

それは妙だな。テレビキャスターの人脈より、碓氷の調査能力の方がはるかに高い。なのに、本多と李の関係が、彼のアンテナに引っ掛からなかったというのか。

「本多先生ご自身も、李氏とは個人的には親しい仲だと認めているんだぞ」

「そこは改めて調べます。いずれにしても、アメリカは本多先生への調査に神経を尖らせています」

「本多先生は、ずっと親米派を通してきた。だからといって、彼女を妨害する意味が分からない」

「私に接触してきた連中は、本多先生はアメリカのものだからと言いたげでした」

それでも、何か引っ掛かる。

「そのアメリカさんの接触と、あんたの監視は繋がるのか」

「分かりません。私は、接触者に調査の中止を約束しました。ですが、監視は今も続いています」

「彼らでない場合は、誰かな」

「中国でしょうか。あるいはライバル議員の可能性もありますね」

「新垣か。いや新垣にレベルの高い監視者を雇えるとは思えないが」

「警視庁の公安部か、公安調査庁なら、可能かも知れません」

それは職権濫用だが、そんなことを気にする新垣ではない。

「俊哉、大物になったな」

「笑い事じゃありませんよ。監視されているのは、私だけではないかも知れません」

「俺を監視してどうするんだ」

「監視の目的にもよりますね。聖さんも、くれぐれも身辺にはご注意ください。ところで、ＰＴＢの真藤さんですが、根津先生の選挙参謀をするらしいです。なかなか面白い話ですよね」

「ヤツは、出馬表明もしていないのに？」

8

総裁選告示四日前の朝、折原は聖事務所を訪ねた。

「あら、折原さん、今日は早いわね。聖先生が来るのは、午後からだけど」

聖が不在なのは、承知の上だ。

今日の目的は並乃だ。

「せっかくなんで、ちょっと部屋借りてもいいですか」

「どうぞ。じゃあ、コーヒーを淹れましょうね」

並乃が嬉しそうに湯沸室に向かった。事務所に一人でいることが多いので、来客は大歓迎らしい。

五分もしない内に、コーヒーが運ばれてきた。

「ありがとうございます。並乃さんのコーヒーは、喫茶店並みに美味しいから大好きです」

「あら、嬉しいこと言うわね。だったら、毎朝どうぞ」

「ありがとうございます！」

お世辞ではなく、並乃の淹れるコーヒーは本当に美味しい。

「あの、ちょっと梓さんに助けて欲しいことがあるんですけど」

「私で役に立つことなんて、あるの？」

「あだ名が〝ＯＳ〟っていう政治家をご存じですか。実は、政治部一筋のオヤジに毎晩のように、永田町基礎知識クイズなるものに付き合わされていて」

「あら、だったら碓氷さんに聞いた方がよくない？」

「いや、碓氷さんにお尋ねするのは、ちょっと気が引けますよ。梓さんは、ご存じないですか。ウチのベテラン記者の話では、その〝ＯＳ〟って方は、何でも亡くなった鳴海さんと親しかったらしいんですよ」

並乃が記憶を辿っている。

「あっ！　思い出した。いたわ。新垣総理よ」

大声を上げそうになった。

「えっ、総理が〝ＯＳ〟氏なんですか。総理は新垣陽一、ＹＡでは？」

「イニシャルはね。新垣先生は、若い頃からオッサン顔でね。鳴海先生ら同期当選の先生がたからは、いつも『オッサン』って呼ばれてたの。だから、〝ＯＳ〟ってわけ」

〝ＯＳ〟が、新垣だったとしたら、北原に資料を送ってきた人物の意図も明確だし、暴露できたら政権を揺るがす大スクープになる。

9

「佐々木君、地検の次席から呼び出しだ」

司法クラブに出勤すると、キャップの杉田に声をかけられた。

もしかして、自分たちの内偵が発覚したのだろうか。

「それって……出禁ですかね」

「おそらくな。だが、そんなことで怯(ひる)んでもしょうがない。俺たちは前進あるのみだ」

意外に明るく言って杉田は、上着を羽織った。

ほぼ毎日通い慣れている場所ではあるが、今日はなぜか動悸(どうき)が激しくなった。


次席室を訪ねると、特捜部長と副部長の辻山の姿まで揃っている。

「突然、お呼びたてしてすみませんな」

東京地検次席の駒込(こまごめ)は、ソフトな口調で言った。

「単刀直入に申し上げます。御社がフォローされていらした事件は、捜査を中止致しました」

「何の話ですか」

「杉田さん、お惚けは結構。佐々木さん、なかなか粘り腰で追いかけて下さっていたようですが、もうその必要はございません。幕引きということでよろしくお願いします」

「つまり、どこかから圧力でもかかったんですか」

「我々は、いかなる圧力にも屈しません。この世界が長い杉田さんなら、捜査の中止などよくあることだとご存じでしょう。こちらとしてはむしろ御社の労に報いるための仁義を切ったとご理解戴きたい」

それだけ言うのに、辻山まで同席させたというのか。

「分かりました。尤も我々はもう少し独自取材を続けようと思いますが、そこはお気になさらず」

「報道の自由は、重要な権利ですからな」

「総裁選ですか」

責任者二人の駆け引きに我慢できずに、佐々木が言った。

「ノーコメントです。なお、この一件での御社の取材方法の正否は問わない方針です」

佐々木は、特捜幹部の二人が同席している理由が分かった気がした。

「わざわざ御丁寧にありがとうございます。では、これで」

そう言って杉田が腰を上げた。

もう帰るのか。追い出されるまで粘るつもりだったのに。

「そういえば、そちらの北原さんは、やけに古い事件をほじくられているそうですな」

「そうなんですか。私のような下っ端には、レジェンドの暇潰しまでは把握できないんで」

「御社は暇潰しに、給料を払うんですね。羨ましい」

杉田は無言で愛想笑いだけ返して、次席室を出た。

「何だったんですか、今のは？」

佐々木が尋ねると、杉田が「ここを出てから話す」と小声で言った。


東京地検がある中央合同庁舎第6号館の向かいに日比谷公園がある。園内のタリーズコーヒーでコーヒーを買ってから、杉田と佐々木はベンチに落ち着いた。

「あんな通告をされた経験がない。自分たちの捜査を中止したから、俺たちに追いかけるのをやめろなんて、そんなクソ丁寧な対応するところじゃないよ、東京地検は」

「私は、あんな話のために特捜の幹部が二人も同席していたのが気になったんですが」

「あれも、おかしいな。普段は俺たちが何を追いかけようと彼らは気にもしない。彼らに直接接触した時だけは、出禁措置を執る。そういうルールだった。内偵を断念するなんて、よくあることだし、別に妙な圧力が掛かってなくても、筋が悪かったり、証拠が取れない場合は、潔く撤退する。そうでなければ、直告なんて部署は事件で溢れてしまう」

東京地検特捜部の部署の一つである直告班は、市民からの情報提供を受けて、捜査に着手するが、実際に立件される例は少ない。

「俺たちを追い払うための方便ってことですか」

「いや、検事という職業はウソを言わないのが身上だ。しかも、今回は次席から特捜部長まで同席していたんだ。概ね事実だな」

「だったら、我々に敵討ちを託したい？」

「にわかには信じがたいがな」

「私が総裁選を口にした時の、辻山さんの表情が気になります。あれは何かのメッセージだと感じました」

百戦錬磨の特捜検事が、記者がカマを掛けたぐらいで表情を変えたりはしない。

「当たってみてもいいですか」

杉田は頷くと、空を見上げた。

「総裁選に出馬する国会議員がターゲットなら、圧力が掛かって当然ではある。今度こそ、出禁になるかも知れないが、やってみる価値はあるな」

「新垣総理、本多外相、そして、美魔女九重議員の三人のウチの誰かでしょうか」

「告示日まであと四日ある。まだ他にも名乗りを上げるかも知れない」

杉田は、根津と静村の名を挙げた。

「考えられるとしたら、総理か本多外相、あるいは総務相の静村かな」

誰がターゲットでも、大スキャンダルになる。

その時、折原からメールが届いた。

〝OSは、新垣総理!! OSはオッサンの略で鳴海さんと同期当選の総理は、若い頃からオッサン顔だったから付いたとか。びっくり仰天!〟

10

「皆さんに、重大なお知らせがあります」

前日の『ホット・スポット』のインタビューの影響による中国共産党政治局委員、李毅と親しいと答えたことで湧き上がった疑惑に答える会見のはずだった。

だが、事態は予想のつかない深刻な状態になってしまった。

「先ほど、中国政治局のスポークスマンが、政治局委員の李毅氏を、国家反逆罪で逮捕したと発表しました。逮捕容疑は不明ですが、私が昨夜某報道番組で発言した内容が、影響しているのではないかと、懸念しています」

本多の第一声から予定された内容とは異なったため、記者が口々に声を上げ始めた。

本多が、何度も静粛を求めた上で、話を続けた。

「昨夜の番組でも申し上げた通り、私と李委員との関係は、師事していた教授の門下生同士という関係に過ぎません。しかし、中国政府はもっと深読みをした結果、李氏を拘束したのではないかと、懸念しています。

既に、外交ルートで、中国政府に問い合わせをしていますが、回答はありません」

「お二人の関係がどうあれ、それが原因で、李委員が逮捕されたのであれば、本多さんは、大臣をお辞めになりますか」

幹事社の記者が質問をした。

「私だけでは決められませんが、総理からご指示があれば、従います」

続いて、二人の関係の推移を説明して欲しいという要望があり、本多はそれに素直に応じた。それに関連した質問が、かなり飛びだした後、「週刊文潮」編集部の記者が質問に立った。

「明日発売予定の弊誌で、お二人の仲睦まじい写真数点と、一緒に一夜を明かされた日についての記事を掲載するのですが、それでもお二人は単なる友人同士だったという主張は変わりませんか」

11

あと一歩のところで、本多は起死回生できたというのに！

聖は、質問者が「週刊文潮」と名乗った段階で、強引に会見を切り上げなかった天草を罵倒した。たまらず聖自身が、舞台から本多を引きずり下ろすという無様なことまでやってしまった。

聖は本多を選対本部から連れ出した。千香が一緒だった。

搬入用のエレベーターを使って、地下駐車場まで降りた。

本多は「ちゃんと説明させて下さい」と、さっきから何度も同じ言葉を繰り返している。

だが、聖は「話は、車に乗ってから伺います」と返した。

さて「週刊文潮」はどう対応するか。

問題は、二人が将来を嘱望されている政治家であることだ。数年前なら、日中友好のシンボルに持ち上げる方法も可能だった。だが、台湾有事が叫ばれている現時点では、難しい。

黒いレクサスが、車寄せに滑り込んできた時、エレベーターが到着して、マスコミの連中が飛び出してきた。

「あっ、いた！　本多先生！」

間一髪で聖が本多を車に押し込み、急発進した。

「さて、まず、先ほどの文潮砲の記事について、包み隠さず事実を伺えますか」

「あれは昨年の秋に、熊本で撮られたものだと思います。李さんが、博多で行われた貿易関係の国際会議に出席した後三日間、日本で休暇を過ごしたのに合流しました」

「お二人の関係は？」

「あの当時は、つきあっていましたが、今年の正月、タイで別れました」

「恋愛関係は、どれぐらい続いていたんですか」

「五年余りです」

よくメディアに隠し通したものだ。

「結婚の話は、出なかったんですか」

「なかったと言えばウソになりますが、会見でも言ったように、互いに恋愛より優先したいことがあり、結局そちらを選びました」

「それは、何ですか」

「祖国に身を捧げることです」

今の時代、そんな言い訳は真実味に欠ける。

「李委員も同意見だったんですか」

「彼は、二人でオーストラリアかニュージーランドで暮らしたかったみたいです」

「では、李委員の方には未練があったかも知れない？」

「いえ、彼には既にフィアンセがいます」

ならば、切り抜けられるかも知れない。

「李委員が拘束された理由について、何かお考えはありますか」

「『週刊文潮』編集部は、彼にも、スクープ写真を見せて、二人の関係を尋ねたそうです。それを、党幹部が知って処分したのでは？」

「中国の対応についての率直な感想を聞かせてもらえますか」

「今すぐ中南海に乗り込んで、国家主席に喧嘩をふっかけたい気分です」

「では、李委員のために泣けますか」

12

佐々木から呼び出されて、折原は急いで本社社会部に戻ってきた。

「悪いですね、無茶を言って」

「ほんとよ。紀尾井町も大騒ぎなんだから」

「これでしょ？」

佐々木が見せたスマホ画面に、「日中禁断の恋で、中国高官拘束か」という「文潮オンライン」

の見出しが躍っていた。

「もうこんな記事が出てるんだね。週刊誌、恐るべし。私たちよりはるかに機動力も瞬発力もある」

「よお折原君、無理を言ったな。とにかく君が取ってきたネタは、新聞協会賞もんの大スクープだぞ」

　北原が嬉しそうに茶化した。

「でも、まだ一人の証言にすぎませんから」

「並乃という女史は、鳴海事務所のスタッフだったんだろ」

「ご本人は、そうおっしゃっています」

「じゃあ、間違いないだろう。それにしても、〝OS〟が、オッサンの略とは笑わせるな」

　しかし、それが新垣総理だったのは、笑えない。

「大事件かも知れませんが、公訴時効をとっくに過ぎていますよ」

「法的には裁けなくても、現総理が多額の裏金を受け取っていたという事実は揺るがないだろう。そんな人物を、日本の総理にしておくわけにはいかない。新垣は、多数派工作の実行隊長だったのだろう。カネで靡きそうな他派閥の国会議員を見つけたら、抱き込む役目を担った。そのために常にカネを預かっていたんだろうな」

「じゃあ、ご本人のポケットに入れたわけではないと?」

「いや、あのオヤジは、今はおとなしくなったが、かつては金権政治家だからな。盟友のために汗をかくと言いながら、自分の売り込みにも使ったろうし、豪遊もしたろう」

　そんな悪徳オヤジを私たちは、首相に担いでいるわけか……。

政治に期待はしていない。今回の総裁選挙取材班の一員となっても、その考えは変わらない。それどころか、連日の茶番劇を見ていると、ますます嫌になっていく。

「じゃあ、総理の首を取りに行くんですか」

「そんな簡単にはいかないと思います。まずは、新垣からカネを受け取った議員を探さなければ」

佐々木が言うと、北原がA3サイズの文書を広げた。

「これは、裏金を渡したリストだ。三桁の数字に〝OS経由〟とあり、金額が並んでいる。これは、議員会館の部屋番号だと思う」

北原が、凄いことを淡泊に言った。北原がもう一枚A3の用紙を出した。三桁の数字の横に名前が記されている。

「当時の国会議員要覧を見つけて当ててみたんだ。皆、民自党議員の部屋だったよ。狙い目は、引退した議員だな。彼らは既に過去の話だからね。口も軽かろう」

合計で五人いた。

「じゃあ、手分けして当たりましょう」

「それは俺が一人でやるよ」

「なぜですか。我々にも手伝わせて下さいよ」

佐々木が意気込んだ。

「二人とも、今は重要な懸案を抱えているだろう。それを優先してくれ。それに、こういう爺さんたちは、俺ぐらい年を食った者の方が口を開くもんだ」

「ですが、私の方は、懸案がなくなったんです。次席に呼ばれて、捜査は中止したので、つきまとうなと通告されました」

「そんなバカな話を聞いたことがないぞ」

「杉田さんも、そうおっしゃっていました。どこかから横槍が入ったのか、捜査ができなくなってしまったようです」

「で？ ……何か引っ掛かってるんだろう」

「私が、総裁選のせいかとカマを掛けたんですが、それに副部長の辻山さんが反応したんです」

「つまり、イエスとサジェスチョンしたと？」

「それは分かりませんが、杉田さんは、ここで引き下がるなと言いますが、これ以上動けば、ウチは厳しい対抗措置を執られてしまいます」

「佐々木、出禁が怖くて、記者がやれるか」

13

午後三時から、本多の記者会見が再びあるという連絡が、折原に来た。会見の内容は「李毅政治局委員について」だった。

本多は、午前中の会見と異なり黒の麻のスーツを着ていた。

「まずは、『週刊文潮』の方からの質問にしっかりお答えせず、会見を切り上げた失礼をお詫びします。申し訳ありませんでした」

本多は着席のまま小さく頭を垂れた。これみよがしに立ちあがって頭を下げるようなパフォーマンスに走らないところに、折原は好感を持った。

「あの時は、李毅中国政治局委員の身柄が拘束されたというニュースを知った直後で、想定外の質問に打ちのめされてしまいました。午前中にあった『週刊文潮』の記者の方の質問にお答えします。写真は、昨秋、熊本での休暇中に撮られたものだと思います。私と李さんは、約五年ほどおつきあいしておりました。しかし、それ以上に私たちは、互いの祖国愛に気づきました。彼も私も国政の要職に就き、祖国のために、この身を捧げる決断をし、それまでの関係を解消致しました。

私は、外務大臣という立場から、世界の全ての国の方々に敬意を表し、友好でありたいと努めて参りました。

ですが、今回の中国政府のやり方だけは、理解できません。李委員ほど中国を愛する政治家はいません。こんな横暴を、私は一人の人間として許せない。そして、李委員の解放を強く求めます」

最後の方は唇が震えて言葉が乱れた。

共同通信の永田町の主のように言われている女性記者が指名された。

「本多さんは、二年前から外務大臣を務めてらっしゃいます。そのお立場からすると、独身同士とはいえ、二人の関係は政治的には問題だった気がするのですが、そういうご自覚があったのでしょうか」

「お叱りを受ける覚悟はできています。私たちは浅はかで、国会議員としての自覚に欠けていたかも知れません」

「今回の一件で、外務大臣をお辞めになるおつもりはありますか」

「私自身、何の疚しさもありませんが、総理のご判断に従います」

以降も暫く外務大臣としての立場などについての質問が続いた後、テレビのリポーターが指名された。

「李さんが、拘束された原因は、お二人の関係にあると思われますか」

「そうでないことを願っています」

そこで広報担当者が終わりを告げた時、突然、折原は立ち上がった。

「東西新聞の折原と申します。本多さん、この一件があっても、民自党総裁選出馬の意思に変わりありませんか」

「ございません」

14

辻山と数人の同僚が庁舎から出てきて、タクシー二台に分乗した。佐々木が乗ったハイヤーが跡を付けた。彼らが新橋の駅前でタクシーを降り、店に入るのを確認すると、店の出口が見える場所でハイヤーを停めた。

それから二時間余。運転手とコンビニ弁当を食べていたら、辻山らが店から出てきた。

同僚らと別れた辻山は、駅とは反対方向に向かった。

佐々木は車を降りて尾行する。

辻山は酔った様子もなく歩調を変えずに進む。通りには人が溢れていたお陰で、尾行は簡単だった。

やがて辻山は、細い路地に入り雑居ビルの地下に下りて行った。階段の踊り場に「Ｂａｒ　異邦人」という小さな看板が遠慮がちに立てかけられていた。

重そうな木のドアを開くと、壁いっぱいに並ぶボトルと、一枚板のぶ厚いカウンターが見えた。

客は二人しかいない。一人は辻山で、カウンターの中央で飲んでいる。もう一人は、奥で葉巻を吹かしていた。

佐々木は入り口に近い席に着いた。

生ビールを頼むと、バーテンダーはグラスを用意した。

ビールを待つ間、スマホでネットニュースを見た。本多外相の「国境を越えた悲恋」が話題を独占していた。

外相が中国人と付き合ってはいけないというルールはないものの、相手が中国期待の政治家となると厄介ではある。

しかし、もう別れたと言っているのだから、大騒ぎする必要もないだろうに。

友人知人でもない人たちの行動にいちいち文句をつけて何が楽しいのか。

国民の多くが安月給で働き、閉塞感と同調圧力に押し潰された酸欠状態で生きている。頑張れば報われるなんて社会は、ウソだと分かっていても「自分は勝ち組の側にいる」と信じ、結局自分を苦しめている。

すっかり世界の潮流から取り残されているのに、政治家どもは未だに成長幻想に踊らされ、グローバル社会だのSDGsなんぞを声高に叫ぶ。そんなことより、少しは人生は楽しいと思える社会をつくれよ、という国民の主張は受け付けないのだ。

佐々木はこれまで、事件取材ばかりを続けてきた。事件を追えば、社会が見えると思っていた。そして、社会の病巣の原因や不条理を浮かび上がらせることで、自分たちが取り組むべき課題が鮮明になる。それこそが、記者の存在理由だと、思っている。

だが、今どきの記者連中は、ＳＮＳに戦々恐々とし、週刊誌のスクープで自己嫌悪に陥り、志や使命感なんて吹き飛んでしまった奴らしかいない。

そんな記者しかいないのなら、そう遠くない将来、社会問題を嗅ぎつける力も、社会に潜む理不尽も見つけられなくなるかも知れない。

「もう少し、尾行技術を学んだ方がいいな」

いきなり声をかけられて、佐々木はギョッとした。

いつのまにか、辻山が二つ向こうの席にいた。

「そんなに下手でしたか」

「背中に刺さる視線が痛すぎたよ」

「せっかくなんで、お隣よろしいですか」

「いいよ」と返ってきたので、辻山の右隣に移動した。

「失礼します。そして、お疲れ様でした」

佐々木がグラスを上げると、辻山もウイスキーが入ったロックグラスを、社交辞令のように上げた。

「今日は驚きの連続です。いきなり次席に呼びつけられたかと思うと、叱られるどころか、ご丁寧に捜査の中止を教えて戴きました。検察ってなんて礼儀正しいところなんだろうって、感動しちゃいました。その上、五里霧中だった事件のヒントまで下さった」

グラスの氷を転がしていた辻山の口元が緩んだように見えた。

「記者のくせに憎めない男だと、ある人から聞いたよ」

「広中さんに、そんな風に褒めてもらえるなんて、光栄です」

確信があったわけではない。特捜部関係者で、評価を受けるほど親しいのは、機捜班の事務官、広中芳雄ぐらいしか思いつかなかった。

「大胆で、勘もいい」

「いやあ、私なんて全然ダメですよ。だって、尾行はバレてるし、根気も足りない」

「なぜ、記者になった？」

「正義のためです」

笑われた。

「なら、刑事か検察になるべきだったな」

「国家権力は苦手です。私は、地べたを這って庶民の怒りや悲しみを吸い上げて問題提起したい。だから教えて下さい。あなた方は誰を追っていて、どこまで追っていたのか」

辻山が、「お勘定を」と声をかけた。バーテンダーが金額を記した紙片を渡すと、辻山はカネを出し「おつりは結構。また来るよ」と言って、立ち上がった。

「これ以上はつきまとうな。そんなことをしたら、明日から無期限の出禁を喰らうぞ。もう一杯、酒を飲み終わるまで、ここにいるんだ」

打ち解けたと思った瞬間、突き放されるとは。何か地雷を踏んでしまったのだろうか。

言われた通りにもう一杯飲むために、辻山が飲んでいた酒を尋ねた。

「ラフロイグです」

「じゃあ、それをロックで」

その時、Ａ4サイズの封筒が、隣の席にあるのが視界に入った。辻山が鞄を置いていた席だ。

「忘れ物……」

いや、違う！

佐々木の脳内でアドレナリンが爆発した。

敏腕検事が重要書類を忘れるわけがない。この店で、そもそも書類を鞄から出す必要すらなかったはずなのだから。

15

急ぎで片付ける原稿もないので、北原は早めに神田小川町の「分室」に引き上げるつもりだった。パソコンや資料を鞄に詰め込んで帰り支度を終えた時、電話交換手が聖から電話が入っていると知らせてきた。

――そろそろ会って、直接話す時かと思っていたところだ。

電話に出た北原は「分室」の住所を伝えて、ここに来いと言った。人目はないし、資料も揃っている。

拒絶されるかと思ったのだが、聖は即答で快諾した。但し、深夜になるかも知れないと言うが、それは問題ない。

午後九時過ぎ、「今から三〇分後にお邪魔したい」という連絡があり、ほぼ約束通りの時刻に、チャイムが鳴った。

二二年ぶりに会う男は、まるで別人だった。政策秘書だった頃は、神経質で、落ち着きがなかった。だが、目の前にいる男は、体の幅が倍近くになっただけではなく、全身に自信が漲(みなぎ)っている。泣く子も黙る「当確師」としての貫禄だった。

「永田町のフィクサーに、こんなむさ苦しい場所にお運び戴いて恐縮だな」

「それより、あんたこそ、その年で、特ダネごっこをまだやっているとは、恐れ入るな」

「雀百まで踊り忘れずだよ。何を飲む?」

「何もいらん。それより本題に入ろう。まずは、この期に及んで鳴海の事件を再調査している理由を伺いたい」

「最近になって、匿名の人物から資料がどっさり送られてきた。いつまで、鳴海事件を放置しておくのか、と書かれていた。資料には、検察庁の内部文書まであった。そんなものを放置するわけにはいかんだろ」

「迷惑な話だ。で、何か摑めたのか」

「当時の事件を知っていて、存命なのは、検事総長しかいない。彼に連絡したが、事件は終わっているはずだと言われたよ」

聖がテーブルの上にある資料を見ている。

「そもそも今さら新事実が出てきても、もはや時効じゃないか」

「あの事件で、重要な役割を果たした人物が、今も現役だとしたら? しかも、国政の重大な地位を占めているとしたら?」

「新垣か……」

「なんだ、知ってたのか」

あれほど、事件について何も知らないと言い続けていたくせに。

「倉山の息子が手帳のコピーをくれたんだよ。それでオッサンが多数派工作のために、カネをばらまいていたのを知った」

「だから、俺に会いに来たわけか」

「まあね。言っておくが、倉山の息子からコピーをもらうまで、この件についてはまったく知らなかった」

そう言ってから、聖が姿勢を正してあらたまった。

「北原さん、お願いがある。総裁選が終わるまでは、記事にしないで欲しい」

「あんた、本多さやかの選挙参謀なんだろう。だったら、このネタを使えば、本多は総理の座に一直線だ」

聖が電子タバコに電源を入れたのを見て、北原もショートピースをくわえた。

「本多さやかは、堂々と現職の総理を斃して総裁にならなければ、意味がない」

「我々は総裁選だからといって忖度はしない」

「そんなことを、東西新聞の幹部は許すのか。あんたのところの社長は、民自党贔屓じゃないか」

「記事について経営陣は、嘴を容れない。そもそも俺は、あんたの仕事の後押しをしてやってるんだぞ。感謝したらどうだ」

16

さすがにバーで資料を広げるわけにもいかず、佐々木はハイヤーに乗ると司法クラブに向かった。

車内で資料を数行読んだだけで、体に取り込んだアルコールが蒸発した。

うそだろ……。そんなはずはない。

指先が震えて、冷静に文字が追えなくなった。

佐々木は、一瞬だけ迷ったが、司法キャップの杉田に電話をした。

〝辻山には、接触できたのか〟

いきなり核心的な質問がきた。

「先ほど別れました。杉田さん、とんでもない資料を渡されました。卒倒しそうです」

杉田は、まだ司法記者クラブのボックスにいるという。

「一〇分で行きます」

なぜ、こんなものを俺に託したんだ。

これは、辻山の独断ではない気がする。

特捜部長、いやもっと上層部まで承知の上でのリークではないのか。

「佐々木君、大丈夫かい？　凄い顔になってるよ」

父親ほど年の離れた運転手が心配そうにこちらを見ている。

「鈴田(すずた)さん、すみません。どっかコンビニに寄ってもらえますか。ホットコーヒーでも買って、落ち着きます」

*

北原のスマホが、佐々木のメッセージを受信した。

〝大至急ご相談したいことがあります。杉田さんとお邪魔してもいいですか〟

北原は〝重要な取材中なので、下で待機してくれ〟と返した。

「北原さん、あんたは、とても重要なことを見落としているのに気づいているのか」

聖が唐突に言った。

「結局、あんたの二二年前の特ダネは、幻に終わったんだ。つまり、鳴海の不正は記事にならず、眠っている。新垣の不正を糾弾する前に、まず、鳴海の不正について紙面で明らかにしなければならない。しかも、贈賄側は、今や財界の大物だぞ。よほど腹を括って書かないと、とんでもない額の損害賠償訴訟を起こされる。

そんな厄介事を全て解決した上でしか、新垣の不正は報道できない」

そもそも世間は、既に鳴海匡という国会議員がいたことすら、ほとんど覚えていないだろう。

必要なのは、贈賄側の証言だが、本人が認めるわけはない。当時、彼の側近だった人物が、その後仲違い（なかたが）いをして、田舎に引っ込んでいる。その人物を説得するつもりだった。

「それに、鳴海が贈収賄で逮捕されかけたのは、金主（きんしゅ）のファンドの社長のために、国会議員として職務権限を行使したからだ」

新垣の場合は、鳴海の多数派工作のためにカネをまいたので、「汚職」とするのは難しい。聖は、そう言いたいんだろう。

「総裁選の一票をカネで買うなんて、インモラルかも知れないが、あの時の候補者は全員何らかの形で、支援者にカネを渡している。総裁になった隅田が五億円、次点の蒲原が三億。鳴海はそれより少ないんだ」

それがどうした。

民自党の総裁とは、イコール日本の内閣総理大臣なのだ。その大臣の椅子の座を買う工作を、現総理が率先して行っていたのは、充分ニュースヴァリューがある。

「もう一つ、忠告しておいてやるよ。あんたは、新垣陽一という人物を誤解している。彼は嫌な奴だし、権力欲の塊だ。だがな、永田町での評判は悪くないんだ。

あいつはカネに執着しないからな。永田町きっての集金力を武器に、敵味方関係なく、相手が欲すればカネを渡す。いや、カネに困っていると知ると、誰彼構わずカネを渡す。

引退して生活が苦しくなった元議員の支援をしているし、陳情を受けて善処はするが、職務権限を振りかざしたごり押しはしない。だから、奴の不正を暴く政治家なんぞ一人もいない」

そんなわけがない。

総理の器ではない男が総理になったのだ。それを嫉妬している者、恨んでいる者は必ずいる。その誰かが、新垣の多数派工作を証言してくれる。

「貴重なアドバイスに感謝するよ、聖さん。だが、我々は裏付けが固まり次第、新垣の不正を世に問う」

聖は立ち上がると、部屋を出て行った。

*

北原の部屋のドアを閉めた瞬間、聖は激しく後悔した。

俺は、昔気質（かたぎ）のジャーナリストという生きものを理解していなかった。

政治家のやることとは全て不正で、尻尾を摑んだら地獄の果てまで追いかける——。北原は、執念の鬼になっている。

北原は条件が揃ったら、すぐに記事にするだろう。そのタイミングによっては、俺の計画にも支障が出る。

やるしかないか。

マンションの外は激しい雨だった。

しばらく待っていると、千香が運転するレクサスが近づいてきた。その時、建物脇に停まっていた高級車から男が二人降りてきた。

すれ違いざまに彼らが首に掛けていたIDカードが見えた。社名までは分からなかったが、「記者章」とあった。

北原に会いに来た記者か。

聖はレクサスに乗り込んだ。

「予定変更だ。白金台へ行ってくれ。新垣邸だ」

そして、新垣に〝大至急お会いしたい〟と連絡した。

17

総裁選告示日が二日後に迫ったこの日、折原は永田町にある民自党本部前にいた。早稲田大学陸奥ゼミの有志らによる「首相公選制を求めるデモ」取材のためだ。

デモは、午後六時から約一時間を予定していた。

本部前には、多数のメディアと参加者が集結していた。

準備に奔走しているゼミ生の秋村美菜を見つけると、折原は彼女の作業を手伝いながら尋ねた。

「このメディアの反響をどう思う?」

「終わってみないと何とも言えません。ＳＮＳでバズったお陰で、メンバー数人があちこちのワイドショーとかに呼ばれています」

「陸奥教授は何とおっしゃってるの?」

「面白そうだね、しっかりやりなさいと背中を押して下さいました。政治は、行動から始まるというのが、教授のお考えです。デモで、政治は変わらないけど、人を集められたら、関心は高くなる。だから、無意味ではないと」

陸奥は学者っぽくない。教授室にいるより、街を歩き誰彼となく話しかけ、社会の有り様を体感し、吸収する。彼はそれを、「ぶらぶら活動」と呼んでいるらしい。好奇心旺盛で、持論に拘泥しないが、確かな視座を持っている。かつて新聞記者が「社会の木鐸（ぼくたく）」と言われていたことを、この人は実行しているのだ。

総裁選挙班キャップの鳥山から連絡が入った。

〝先ほど、静村総務相が、総裁選への出馬を表明した。三〇分後に民自党本部で会見をする。そっちは？〟

ちょうどデモが始まる頃だと返した時、けたたましいクラクションが鳴った。党本部への進路を妨げている学生たちが逃げるように道を空ける。

「静村大臣のようだぞ」

誰かが叫んだ。

記者会見に来たのだ。

折原は、秋村を呼び止めた。

「ねえ、静村議員が今から総裁選の出馬会見するみたいだよ。議員に、あなたたちの主張をぶつけてみたらどう？」

大人しそうに見えて秋村は、アクティブだ。すぐに反応して、民自党会館の車寄せに進んだ。

折原はデジカメを構えて、秋村の後に続いた。

アルファードのスライドドアが開き、静村がゆっくりと降りてくると、記者やカメラマンが殺到した。

「大臣、総裁選に出馬されるそうですね」

静村は、「迷いがあったのですが、やはりここは決断の時だと思ったんですよ。くわしくは、中で話しますので」と言ったが、暫くその場から動かなかった。

白々しいまでのメディアへのアピールだ。メディアの人垣の中に、秋村が強引に割って入った。

「静村さん、早稲田大学政経学部の秋村と申します。私たち、有権者の一％の人が日本の総理大臣を決めるのが、おかしいと感じ、首相公選制を訴えるデモをするのですが、ご意見を伺えませんか」

一般市民からの思いがけない質問に、静村は戸惑ったようだ。

「首相公選制というのは、どうかな？　政経学部にいるのなら、もう少し憲法とかを勉強した方がいいよ」

静村が答える後ろで、女性が車から降りてきた。環境大臣の石牟礼早苗だ。

「今のご質問には、とても重要な意味がありますね。一度じっくりお話をしたいので、ここに、連絡をもらえますか」

そう言って、石牟礼は秋村に名刺を渡した。

「石牟礼大臣は、静村さんをご支援されるんですか」

記者の問いには会釈だけ返して、石牟礼は静村と共に党本部に消えた。

「君、二人の大臣の発言をどう思った？」

どこかのリポーターが秋村にマイクを向けた。

「すごくバカにされた気がしています。俄然、デモを頑張ろうと思いました」

一〇〇点満点だな。

一方の静村大臣は、このデモで集まったメディアを利用するために、この時間帯での本部入りを狙ったのだろうが、先ほどの対応で、大減点を喰らった。

尤も本人は気がついていないようだが。

「自分の国の総理大臣を、九九％の国民は選べないって、おかしすぎませんか！　私たちの総理は、全国民による投票で決めたいと思います！」

目一杯気合いを込めて秋村は叫んでいる。

「公選制！　公選制！」

秋村の隣にいた共同幹事の明治大生、東田が連呼すると、参加者のボルテージが上がった。

事務局の発表では、デモの参加者は一〇〇〇人を超えたという。それだけの数になると、デモにも迫力が増す。民自党本部を取り囲む人の波が興奮で大きくうねっている。その渦にもまれながら、折原は参加者らを捕まえては話を聞いた。

「総理だって、私達が選べばいい。それで、絶対賛成と言いたくて来ました」という女子高生は、埼玉県から友達三人で来たという。

高齢者の参加者もいた。

都内で暮らす七五歳の男性は、「学生時代を思い出すよ。けど、俺たちよりはるかに真っ当な主張で感動している」と、若者に交じってシュプレヒコールを繰り返していた。

静村が吐き捨てたように、「首相公選制」は、憲法で定義されている議院内閣制の否定に繋がるのだろう。

しかし、国のリーダーを自分たちで選びたいという純粋な思いは、捨てがたい。

「民自党の国会議員の先生、どなたか、僕らのこの問いかけに、答えて下さいよ！」

特設ステージの上で東田が叫んでいる。

「そうだ、答えろ！」というレスポンスがあり、やがてそれが連呼になる。

そこで、秋村が声を張り上げた。

「皆さん、『ホット・スポット』でご活躍されていたキャスターの真藤久美子さんが応援に来てくれました！」

大歓声の中、真藤がマイクを持って立った。

「元キャスターの真藤です！　先日、秋村さんからこのデモに参加して欲しいという熱い要望を戴きました」

つまり、飛び入りではなかったということだ。なのに折原は知らなかった。秋村に信頼されていると思っていただけに、裏切られた気分になった。

「私は、首相公選制には、否定的でした。でも、今日、皆さんの訴えを聞いていて、確かに総理は、多くの日本人が選んで決めるべきかも知れないと思いました。それにしても、民自党の先生たちはだらしないわね。若い世代が国の未来を真剣に考えて大事な訴えをしているのに、誰もその声に応えないなんて。そこで、一人、引っ張ってきました。私の夫の根津幸太朗です。彼は首相公選制反対派ですが、この盛り上がりについて、聞いてみたいと思います」

まさか……。ここで根津幸多朗を出すのか。

ノーネクタイで袖をまくった白いワイシャツに、黒のジーパンという格好で根津がステージに上がった。

だれかが「ネズミ！」と叫ぶと、笑いが広がった。

「おお、嬉しいな。私のそんなあだ名を知っている方がいるなんて。どうも、衆議院議員の根津です。

私は首相公選制を認めたくないと思っていました。いや、今も思っています。でも、今日ここに来て、かなり心が揺れました。

政治は、政治家に任せなさい。そんな風に、思っている国会議員は多い。それは、間違いない。だけど、現実は真逆で、到底、任せられないような奴ばかりのさばっている。だから諸君は怒っているわけでしょう」

「その通りだ！」

あちこちから声が飛ぶ。

「この怒りを無視してはいけない。というか、その怒りに耳を傾け、皆さんと政治を繋ぐ努力をしなければ、この国は、どんどんダメになっていくと、痛感しています」

「それは、政治家が悪いからだろ！」

「確かに一番悪いのは政治家だ。だが、国民も悪い！　無能で無責任な奴らを国会に送り込んだのは、あなた方、国民です。

諸君は、民主主義を守れという。だったら、諸君も責任を持たなければならない。

その覚悟があるかね？　それとも、政治は他人任せなのか」

「いえ、根津先生、私には覚悟があります。ですが、私たちの覚悟を引き受けて、約束を実現する国会議員なんてどこにもいないんです」

隣に控えていた秋村が、きっぱりと断言した。

「では、私の覚悟の程をしっかりとお見せしたい。そして、私と一緒に、日本の未来のために闘ってくれるかね」

「もちろんです。でも、根津先生、私たちは散々騙されてきました。だから、有言実行の政治家しか信じません」

「有言実行」が連呼され、ボルテージがまた上がった。

そこで真藤がマイクを持った。

「政治家として、日本のために尽くしたいと願い、行動している政治家を、彼以外に私は知りません。

だから、私はこの場に彼を引っ張り出しました。今の政治を批判するなら、あなたが、政治を変えればいい、と。有言実行の政治家の姿を見せてくれ、と。そして皆さんと共に闘うのです！と」

また、聴衆が沸いた。誰ともなく根津の名がコールされ、それが連鎖していく。

折原は、戸惑っていた。この状況をどのように理解していいのか、わからなかった。

根津夫妻は、秋村のデモをを利用して、総裁選出馬を大々的に宣言しようとしている。

そんなことをしたら、せっかくの「首相公選制実現」という大義名分が穢(けが)されるのではないだろうか。

根津が、聴衆に静粛を求めた。

「皆さん、ありがとう。そして、まずお詫びしなければならない。首相公選制実現を訴えるという大事な集会で、総裁選出馬宣言はあまりにも場違いだった。

ですが、私の気持ちは固まりました。これから、民自党本部に行き、正式に決意表明します」

根津夫妻は、深々と頭を下げ、ステージから下りた。

＊

そして、根津は民自党本部で記者会見を開き、「総裁選に出馬する意思を固めた」と宣言した。

第七章　憤る男

1

民自党総裁選告示日前日――。

聖は苛立っていた。

なぜだ、なぜ出ない。

東西新聞に、「鳴海事件」の記事が出ないのだ。

北原が聖の訴えを忖度したとは思えない。むしろ、「鳴海事件」を世間に晒すのは、彼の悲願のはずなのだ。

まさか、明日の告示日にぶつけてくる気だろうか。

あの日、北原と会ったその足で新垣を訪ねた。新垣は「そんな古い事件でわしが潰せるなんて思うなよ。そもそも東西新聞のトップは、ゴリゴリの保守なんやぞ」と一蹴した。

カラ元気には見えなかった。それどころか、聖が伝える前から、北原の動きを知っていた気がした。

そして、現状は、新垣の言葉通りということになる。

「まず、東西新聞がいち早く総裁選支持率調査を発表した。無作為抽出三〇〇〇人で、回答率は四一%」

運転手の制服がすっかり様になった千香が、データを読み上げた。

一位、本多さやか＝49％
二位、新垣陽一＝20％
三位、根津幸太朗＝11％
四位、静村誠司＝３％
支持未定＝17％

「聖事務所の独自調査だと、一位の新垣など世論と微妙に異なる。こっちは民自党員と同党国会議員への調査」

一位、新垣陽一＝47％
二位、本多さやか＝25％
三位、根津幸太朗＝７％
四位、静村誠司＝５％
支持未定＝16％

「民意と党関連者では、トップ二人が正反対か。ちょっとびっくりですね」

健司の反応には誰も同意しない。

「本多先生が低いのは、〝中国高官の恋人〟発覚直後の調査だからです。彼女が出馬表明した当初は、三五％で、新垣総理の四一％に肉薄していました」

実際に調査を仕切った碓氷が解説した。

「私的には静村先生に五％も集まったのがびっくりだよ」と千香。

「俺の見立てでは、静村は出馬を断念して、今日の午後にも、新垣支持を表明する。これで、新垣の五割超えは堅いな」

やはり、現職は強い。

メディアでの評判は悪くても、新垣は国会議員の支持が盤石だ。

民自党の国会議員は、衆参合わせて計三七〇人だ。

総裁選では、党員は、各都道府県ごとで各一票を有しているから、総数は、四一七票となる。

尤も、過去二〇年間は、一回目の投票で、過半数を超えた候補者はおらず、上位二候補による国会議員だけの決選投票が恒例になっている。

本多陣営としては、第一回は二位に食い込み、決戦での勝利を狙っていた。

ただ、このままでは、一回目の投票で新垣が勝つかも知れない。

「とにかく、第一回選挙での決着を阻止しなければならないな」

そこで、聖は静村の選挙参謀を務めていた石牟礼早苗環境大臣に密かに連絡を取った。静村の票を取りたかったのだ。

「俊哉、石牟礼先生は、引っ張り込めそうだろうか」

「静村先生に愛想を尽かしているのは、間違いありません。石牟礼先生は、筋金入りの財政再建派で、志を同じくしている静村先生を支援していたのでしょうが、こんなあっさり新垣総理支持に転じたので、怒り心頭に発しています」

とはいうものの、彼女は、本多ともソリが合わないらしい。「本多先生は芯がない。常に超然としていて、ホンネを口にしない。腹を割れない人は信用できない」と辛辣だ。

「石牟礼先生からしたら、新垣総理か本多先生かという究極の選択なのでは。ならば、自身と志を同じくする一〇人ほどの議員の票を有効に使いたいのでしょう」

「俺は、さらにネズミを引っ張り込もうと思っている。奴が加わるんだったら、石牟礼先生グループを取り込める」

碓氷は、思ったようなリアクションをしなかった。

「嫌な目つきをするなあ」

あんた、俺に何か隠してるだろう、と言わんばかりの顔をしている。

「あのお二人さん、話を先に進めていい？　現在、支持が決まっていない層は、絶対ゲットすべきだけど、既に陣取り合戦は始まってる」

千香がスクリーンに浮動票のシミュレーション図を映し出した。

2

七年前に建てた東西新聞社の新社屋は、一階から七階と、三四階から三六階に東西新聞社が入居している。但し、上層階は、役員や来賓専用で一般の社員とは無縁のフロアだ。

ところが四日前、世紀の二大スクープについて社長自らが掲載を止めようとしていると聞いて、北原は久しぶりに天上フロアを訪れた。

社長の磐田貴史と北村は、入社同期だった。だが、磐田は、社主の娘に見初められてからは、ジャーナリストとしての矜持を捨て、与党を支える保守系新聞社長という役割を選択した。

以来、ほぼ絶縁状態にある。

社長室を訪ねると、先客との話が延びているので、待つように言われた。大きなソファに所在なく腰を下ろした。

よくこんな場所にいて、息が詰まらないものだ、と思ってしまう。

磐田が社長に就任した時に、言われたことがある。

「信じないだろうが、俺はおまえが羨ましい。若い頃からの情熱も哲学も失わず、ジャーナリストに徹する姿に、嫉妬している」

総理のご意見番としての影響力、自分の思い通りに決められる編集方針、さらには、社会的名声……。多くの人が望むほぼ全てを有する男に、「嫉妬している」と言われた北原は、愛想笑いすらできなかった。

おまえが持っている全てを捨てればいいだけだ。

それができないのが磐田の弱さだった。

ドアが開いて、一分の隙なく高級スーツを身にまとった磐田が現れた。

「また、とてつもないネタを、同時に二本、しかも、鳴海事件とはな。まだ、こんなネタを追いかけていたのか」

「さすがの俺も、そこまで往生際は悪くない。経緯も報告しているだろ」

「情報源の特定は？」

「できていないが、新垣は否定しなかった」

聖と会った翌日、北原が新垣に確認したら、「あんたの執念には感服するけど、ちょっと無理筋やな」と笑われた。

「しかし、事件性はないだろう」

磐田の指摘こそが、ジャーナリスト失格を自ら認めているようなものだ。

「天下の内閣総理大臣が、金をばらまいて総裁選の票を買ったのなら、それは〝事件〟だ」

「河東君は事件と判断しなかった。私は当然だと思うが」

編集局長の河東政信は、「事件ではないので」と言って、即答で却下した。

「民自党を支援する保守新聞の面目躍如か」

「権力の監視という社会的使命を担う全国紙としての見識だ」

見識が聞いて呆れる。

「選挙で票を買うなんて、騒ぐほどのことでもない。総裁選の資金提供を受けた代わりに、金主に便宜を図ろうとした鳴海先生とは立場が違う」

職務権限なんぞくそ食らえだ！　とはさすがに言えない。

「これを記事にしたいなら、誰が何のために、こんな情報をおまえに送りつけたかを明らかにするのが先だろう」

「それが分かれば、許可するんだな」

「新人みたいなことを言うな。情報源の正体が判明し、そこに新聞として伝えるべき事実があれば、初めて紙面化を検討する、という意味だ」

「総裁選への影響が怖いのか？」

「選挙妨害はできないからな」

「総理の門番も大変だな」

「本多先生に勝たせたい東大路先生の周辺から情報が出たかも知れないぞ」

磐田に指摘されるまで、北原は重要な視点が欠けていたのに気づいた。

とになる。

情報提供者は選挙のために、餌を投げてきたのかも知れない。ならば、俺は完全に利用されたこ

己の愚かさに腹が立った。

「私が誰を推しているのかは、この際関係ない。だから北原、ここは、じっくりやるべきじゃないかな」

「分かった。とにかく情報源を探す。話は、それからだな」

「砂漠の中から針を探すようなものだな。まあ、私には想像もできない方法で、ネタを取れる術が、おまえにはあるのだから、やれるならやってくれ」

問題なのは、もう一方の方だ。

若い佐々木が手に入れてきた凄まじいネタだ。

「特捜検事から出たのは、間違いないんだな」

「資料を見せようか」

「いや、おまえを信じる。但し、こちらは話が深刻すぎて、下手に動けない」

「明日は総裁選の告示だぞ。やるなら、今日の夕刊か明日の朝刊に突っ込むしかない」

磐田が苦笑いを浮かべた。

「おまえでも、そういう配慮をするんだな」

「ネタがネタだ。こっちは総裁選への影響などというレベルではなく、民自党の存続に関わる」

「こちらもネタの出処(でどころ)は、分からないんだな」

「P担には当たらせているが、特捜部も分からないようだ」

「それにしても特捜部に、いや検察に圧力をかけて、この重大事件を握り潰せるような政治家がい

るのか」

「現職ではないかも知れない」

　磐田が腕組みをして低く呻(うめ)いた。

「明日の朝刊でやらせてくれ。これはただの汚職じゃないんだぞ」

「だからこそ、慎重に動く必要があるだろう。日本の舵取りを委ねる人物を、売国奴だと糾弾するんだ。それに、疑惑対象者が具体的に何をしたのかが分からないのでは、話にならない。下手をすれば、政治資金規正法違反の範囲で終わるかも知れない」

「疑惑の人物にカネを突っ込んでいるのは、外国政府の可能性が高いんだぞ。政治献金を受けていたのが、外国人でしたという過去の事件とは、わけが違う」

　特捜は、その政治家の海外口座の存在と、そこに総額で一〇億を超えるカネが外国の某団体から振り込まれている記録を入手していた。

「具体的な見返り行為、入金者の正体、そして、特捜部が入手した証拠を裏付けるための、新たな証拠。この三つが揃った時に検討する」

　そう言うと、磐田は腰を上げた。交渉の余地はなかった。

3

　長い付き合いなのに、湯浅佳親が、聖事務所を訪れたのは初めてだった。

　六本木ヒルズの空虚な煌びやかさに怯んだ湯浅は、無人の受付で入館手続きするのに躊躇っていた。

「あら、よっちゃんじゃないの」

顔見知りに声をかけられて、脱力した。

「やあ、梓さん、ご無沙汰です」

並乃梓と会うのは、久しぶりだった。少なくとも二〇年は会っていない。

お互い年を取ったのだが、梓は昔と変わらなかった。

「さあさ、どうぞ。聖先生がお待ちかねです」

東京タワーが一望できる会議室に案内されて、湯浅はまたそわそわした。

彼が聖に会いに来たことは、根津には内緒だった。今や選挙参謀が板についてきた久美子の密使として来たのだ。

窓際に近づいて、晴れた東京の街を見下ろしてみたが、気分は良くならなかった。

「悪いな呼びつけて」

振り向くと、聖が立っていた。

「それにしても、選挙コンサルってのは、儲(もう)かるんだな。豪勢なオフィスじゃないか」

「俺が、当確師だから儲かるんだよ。で、どうする?」

「どうするとは?」

「河嶋副総理、根津財務大臣を約束する。だから、決選投票の際はよろしく頼む」

「ダルさん、そんな条件は却(かえ)って逆効果になりかねないよ」

「じゃあ、条件を聞こうか」

高飛車な態度が気に入らないが、湯浅は頭を切り替えた。

「まず、三年以内に基礎的財政収支(プライマリーバランス)の黒字化を目指すこと」

プライマリーバランスとは、一般会計内の国債返済に伴う費用を除いた政策的費用と、税収などとの歳入額のバランスを指す。現状は、政策的費用が約八〇兆円で、歳入は約七〇兆円。黒字化するためには、歳出を一〇兆円以上削るか、歳入を上げるしかない。

この二〇年ほど、ずっと同じスローガンを政府は掲げているが、一向に成果を上げられていない。それどころか、台湾有事などから防衛費が膨らみ、ますます難しいのが現状だ。

「承知した」

嫌な言い方だな、ダルさん。

「次に同じく三年以内に、消費税を一五％に引き上げる」

「消費税増税については、自重してほしい」

「根津のライフワークなんだぞ。これでも、当初の二五％からかなり抑え込んだんだ」

「総裁選の公約としては、ＮＧだ。但しいずれ呑む」

なんだ、それ。

「つまり、公約にはしないが、本多総理誕生の暁には、消費税増税は検討する」

「数字を入れて欲しい」

「やめておけ。こんな約束、水に書いた文字ほどの価値もない」

「だったら、逆に根津を納得させるために、方便を使ってほしい」

「いくらだ」

「五％アップ」

「検討する」

どうせ、無視するんだろうな。

だが、検討すると聖が言ったことは伝えられる。

――選挙協力時の約束なんて、ないに等しい。でも、言質がほしいから、ダルが約束したら、それで合格！　と、久美子は言っていた。

「この二条件を呑めば、決選投票では旧河嶋派議員の票はもらえるんだな」

「根津支持票については、まとめる。だが、河嶋派全てが根津でまとまっていないんだ」

「だったら、ネズミは、泡沫候補で終わるぞ。河嶋先生は、ネズミに懸けているんだ。先生にお願いして、六二票をまとめろ」

まるで、ウチの選挙参謀みたいな口ぶりだな。

「やってみる」

「やってみるじゃダメだ。久美子とおまえでネズミを説得して、河嶋先生から全面協力を取り付けろ」

「分かった、やるよ。なあ、ダルさんやっぱり根津の選挙参謀を頼めないか」

そうしたら「まさか」が起きるかも知れないのに。

「俺の申し出を断ったのは、根津だ。もう後戻りはできない」

そうだな。あの時点で、俺たちの敗北は決まったのかも知れない。

「ところで、ネズミにスキャンダルはないんだろうな」

「スキャンダルがないのが、弱点だ！　と言ったのは、ダルさんだろう。それは不変だ」

4

「ウラを取れと言われても、誰に尋ねればいいのか見当もつかなくて。北原さんの人脈、お知恵に縋るわけにはいきませんか」

悔しかったが、佐々木は正直に言った。

「いくらでも提供してやりたいところだが、俺もすぐには思いつかない。辻山とはしっかり連絡を取れているのか」

「完無視されてます。朝晩、自宅のチャイムを鳴らしていますが、夫人が出てきて不在です、とばかり」

「通勤途中で、捕まえたらいいじゃん」

同席していた司法キャップの杉田が至極当然の指摘をした。

「一度やったんですが、ダメでした。地下鉄を降りる直前に、『つきまとうと、それ相応の対応をする』と脅かされまして」

「突破口は、情報提供者だな。辻山に接触した時に、それについてサジェスチョンはなかったのか」

「ありません。文書も差出人不明で送られてきたようです」

「不明ってどういうことだ？」

「辻山さんのメモで、情報提供者は誰か？　という書き込みがありました。また、情報提供者が郵送に使った封筒のコピーも同封されていましたが、パソコンで打ち出した封筒で、差出人名はありませんでした」

　北原が封筒のコピーを見せろと言うので、それを渡した。

「杉田、以前、封筒に印刷されたフォントで、密告者を突き止めたことがあったな？」

「そうでした！　あの時の業者に当たってみます」

　五年ほど前に、当時の厚労大臣が、介護ビジネス企業に便宜を図っているという密告が、東西新聞に寄せられた。大臣には、既に疑惑があったのだが、証拠がなかった。密告資料には、かなり詳細な情報が詰まっていたが、誰の手によるものなのかが不明だった。

　そこで、民間の鑑識会社に調査を依頼したら、見事に密告者を割り出してしまった。

「それで突き止めたら、本気で明日の朝刊に突っ込むんですか」

「それができなきゃ、総裁選が終わるまで記事は出せなくなるぞ。それに万が一、ターゲットが総裁に選ばれたら、そのまま闇に葬られるぞ」

　それを聞いて、佐々木は全身に圧を感じた。

「私は、もう一度辻山さんに当たります」

「当たって砕けろではダメだぞ。どうやる？」

「分かりませんが、ストーカーのようにつきまとうしかないかと」

「ダメだ。そんなことをしたら、他社に気づかれる。そうでなくても、既に暁光新聞は、我々の水面下の動きを気にし始めている」

「あれは、鳴海事件の方です。こっちは知らないはずです」

「特捜のエースにへばりつけば目立つんだ。しかも、おまえらＰ担は、北原さんの手下（テカ）として動いていると暁光は見て、注意しているから、分かりやすい行動は厳禁だ」

5

昼休みの時間を狙って聖は、平河町の都道府県会館内にある蕎麦(そば)店「こいけ」を訪れた。案の定、目当ての人物がいたので、彼の隣に腰を下ろした。

相手はざるそばを勢いよくすすっている。

「お食事中に失礼します」

「おっ、これはひょんな場所で、ひょんな相手に出会うなあ」

「多田野先生、運命的な出会いですよ」

「僕は、運命とか信じないたちなんで」

「そうでしたね。私はここの親父とは古い付き合いなんで、先生が来たら隣の席を空けておくように頼んでいたんです」

曜日ごとに昼食の店を決めている律儀な男で幸いした。しかも、彼はほとんどの場合、一人で昼食を摂(と)る。

多田野道則財務大臣は、当選四回でありながら、新垣派期待の星だった。

東大で憲法学を専攻する准教授だった時に新垣と出会い、政治の現場で自身の理想を追い求めてみては、と口説かれて象牙の塔から飛び出した異色派だ。

「つまり、飛んで火に入る何とかですか」

「いやいや、千載一遇のチャンスです」

「それ以上は、聞きたくないなあ」

「いや、聞いて下さい。どうですか、個室でゆっくりとお話ししませんか」

「ますますヤバいなあ。やめておきます」

「総裁選がどういう結果になろうと、私は財務大臣だけは、先生に続けて戴きたい。新垣派で良心を持つ若手議員の多くも、同じように考えているはずです。しかし、総理はもうダメだ」

聖は、多田野の反応を待った。

「聖さん、メチャクチャなブラフを使うんですね。どう考えても、我が大先生の再選確実ですよ」

「永田町の一寸先は深い闇ですよ。もし、新垣さんを総理の座から引きずり下ろせたら、引き続き財務大臣を続けて下さいますか」

「それで、私に何を求めておられるのですか」

「決選投票の時の、多田野グループ二一人の協力です」

「たとえ決選投票に新垣総理が残っても、協力せよと」

「勝ち馬に乗って下さい」

聖は、ポケットから小さく折りたたんだ紙を取り出し、空になった多田野のせいろの脇に置いた。

「お父さん、ご馳走さん」

そのメモを、さりげなく掌中に取り込むと、財務大臣は席を立った。

6

根津は、湯浅が説明するのを、目を閉じて聞いていた。

その沈黙が湯浅には怖かったが、何とか最後まで報告を終えると、どっと疲れた。

「まず、二人にお願いがある。大人げない俺を慮(おもんぱか)って、ダルマのところに行ってくれたことには、感謝する。が、同時に、己を情けないと思う」

　根津が怒らないとは。そのことに湯浅は戦(おのの)いた。

「ヨッシー、そんな驚いた顔をするな。おまえがいない間に、久美子にこってり絞られたんだ。総裁選に出る以上、勝たなければ、何の意味もない。だが、現状、勝利の確率は数パーセントしかない。ならば、俺のこだわりや好き嫌いを気にしている場合じゃない。俺も覚悟した。だから、俺に隠れてこそこそ動くのは、やめてくれ」

　この男の口からこんな反省の弁と、勝つための決意表明が聞けるとは思っていなかった。

「首相公選制のデモにはショックを覚えた。自分たちが信頼できる総理ではないと、若い子らが考えているのは、民主主義の敗北だ。

　同時に若い世代にも、国を愛する気持ちが残っており、未来に希望を抱きたいと切望しているのを肌で感じた。

　だとしたら、それに応えてこそ、政治家だろ。なので、聖の提案は、全て呑む」

「消費税もか」

「言及しないだけなら、ウソにはならないからな。とにかく総裁選を勝ち抜くために、何でもやるよ。これから、河嶋会長をはじめ、派閥の幹部の皆さんと会う。そこで、支援をお願いする」

「私は、旧立志会と旧済民(さいみん)会の財政再建派と個別に会うことにしている。ヨッシーは、保科(ほしな)先生の秘書と昵懇(じっこん)でしょ。説得してくれないかな」

　さすが、久美子は打つ手が早い。

「分かりました。どんなことをしても、引っ張り込みます」

「それと、私たちは、本多さやかに選挙協力なんてしない。それは、あっちがやるのよ」

7

約束の時間より一五分遅れて、石牟礼が姿を見せた。何事にもきっちりとした性格の彼女にしては、珍しいことだ。

「遅くなってごめんなさい」

「いやいやお気遣いなく。それより、大変そうですな」

石牟礼は前に会った時とは別人のように疲れ切っていた。

「まあね。人生最大の挫折をしたばかりだから」

「静村先生のせいですな」

「あの卑怯者。財務大臣のポストに転んで、出馬を取りやめ、新垣支持を表明するのよ。バカよ」

まったく同感だった。

「現政権の政治を旧態依然とした昭和の亡霊政治と、思いきり酷評していたくせに」

「君子豹変(ひょうへん)する、というところでしょうか」

「あいつのどこが君子なのよ。単なる猟官野郎よ」

「それが、総理の目的でしょうな」

「総理が多田野財相を交代させるわけがない」

だが、静村が新垣支持を表明したら、多田野は邪推するだろう。自分は、財務大臣から外されるかも知れない、と。

だから、聖は彼に渡したメモに〝あなたより扱いやすい静村先生を、財務相にするようですが、大丈夫ですか〟と書いた。

陰謀好きの多田野なら、あれこれ考えを巡らせるに決まっている。

「では、本多先生を支持して下さるんですね」

「大いに不本意ですが、旧立志会のためにと東大路先生にも頼み込まれましたし、新垣政権では、日本に未来はないので」

「真藤キャスターとお親しいと伺っていますが、そちらからは、お誘いはないんですか」

「久美子さんとは親しくさせてもらっているけど、根津氏とはソリが合わないの」

それは、久美子が頼み込めば、翻意するという意味にも取れる。

「ちなみに、何人ぐらいお仲間を連れてきて下さるのでしょうか」

「最低一〇人、できれば二〇人。但し、条件があります。『三つの誓い』の中に、しっかり財政再建と一〇年後の火力発電の廃止を入れて欲しい」

石牟礼は、党内きっての脱炭素社会推進派だ。その提案は想定内だった。尤も本多は「火力発電の廃止は非現実的！」と言っているが。

「説得するよう鋭意努力します」

「努力程度なら、協力できないわ。明日の告示日までに、誓約書付きで、戴きたい」

「では、明朝九時までに誓約書を用意します。その時は必ず二〇人以上お願いします。ご支援を戴ける場合、推薦人としてお名前を入れてもよろしいですか」

「それは、誓約書の中身次第ということで」

8

東西新聞本社地下駐車場の、奥まった区画に、白色のプリウスが停まった。

「まさか、こんな大胆な行動を取って下さるとは、思いませんでした。なんとお礼を言えばいいのか」

ハンドルを握っているのは、検事総長の江戸俊作（えどしゅんさく）だった。

北原はダメ元で、江戸に「鳴海事件」について、相談したいとメッセージした。

新垣追及の記事を見送る代わりに、告発した人物を特定したいので、アドバイスが欲しい、と依頼したのだ。

すると、自家用車に乗って行くから、どこかで合流しようと返ってきた。

以前、電話で頼んだ時は、相手にされなかっただけに、この豹変ぶりに驚いた。

安全を期して、社の地下駐車場を指定した。念のため警備員に言って、一部の照明を切っているので、人目にもつかないはずだ。

「まず、記事掲載を見送った理由を伺おうか」

江戸は、こちらを見ずに周囲に視線を送っている。

「私は不本意ですが、社の方針です」

「ほお、君らしくないね。おめおめと、社の方針に従うのか」

「日々、成長してますから」

鼻で笑われた。

「で、何が知りたい?」

「あんな古い検察資料が、なぜ送られてきたのか。いったい誰が、何のために」

「ICレコーダー、スマホを見せてくれ」

言われた通り従った。どれも録音ボタンは押していない。

「レコーダーは、もう一台あるんだろ」

上着の内ポケットに忍ばせたもう一台を出した。これは録音中だったので、停止ボタンを押した。

「今から独り言を話す。質問は一切受け付けない」

江戸は、北原が同意する前に話し始めた。

「もう二〇年以上前のことだ。公安調査庁の長官を務める先輩検事から呼び出された。特捜部の内部情報が世界中の組織で売買されているらしい。それについて、ある事務官を内々に取り調べる協力を頼まれた」

初めて聞く話だ。公安調査庁は日本のインテリジェンス機関で、派手ではないが地道に情報網を持ち、時々、凄いネタを官邸に上げているのは、知っている。

長官以下幹部は、検察庁から出向している検事だった。

江戸は話し続けている。

「その事務官は、資料管理を担当する部署の課長で、捜査が終了した特捜部の資料を閲覧することができた。だが彼は、大きな借金を抱えており、ヤミ金に追い込みをかけられていた。それが、ある日、借金はきれいに返済されていた。

令状を取って口座を調べたところ、ケイマン諸島の口座から振り込まれていたところまでは掴めた。だが、そこから先は追えなかった」

凄い話じゃないか。

「つまり、その事務官が、誰かに捜査資料を売っていたというわけですね」

「質問は一切受け付けないと言ったはずだ。公安調査庁と我々の調べで、金主は外国の情報機関の可能性が高かった。そして、密かに売買されていたのは、立件できなかった現職国会議員の捜査資料だった」

「情報機関が入手したネタが、ブラックマーケットで売買されるもんなんでしょうか」

「北原君、何度も言わせるな。ブラックマーケットに流したのは、おそらくその事務官本人だろう。より深刻なのは、どこかの国の情報機関が、日本の国会議員の不正疑惑について掌握している点だ」

どこの情報機関かと尋ねようとすると、江戸の左手が上がった。質問は受け付けない。

「ちなみに、その事務官は我々が逮捕しようとした前日に、不審死を遂げた。以上だ」

そこで、江戸はエンジンをかけた。話は終わったらしい。

「一つだけ。私の元に送られてきた資料が、その事務官が入手したものだったとしても、本人は既に死んでいるんでしょう。では、いったい誰が、私の元に、資料を送りつけてきたんですか」

「降りてくれ」

「江戸さん、お願いです。この質問だけ答えて下さい」

「以前、私が君に話した事件捜査の鉄則を覚えているか」

「その事件で誰が得をするのか。そこに全ての核心が集約されている、ですか」

「降りてくれ」

それが俺の質問の答えか。

総裁選が始まるんだ。

出馬する議員全てが、新垣が失脚したら得をする。

その時、北原は別のもっと重要な疑問に気づいた。

9

根津一行は、永田町にある旧河嶋派事務所に到着した。

会長室で、河嶋の他、重鎮の濱名忠興(はまなただおき)と、若手リーダーの藤岡加世子(ふじおかかよこ)が待っていた。

濱名はともかく、藤岡が同席しているのが、意外だった。

河嶋が座るように勧めたが、根津は、腰を下ろさず立ったまま一礼した。同行した久美子と湯浅が隣に座った。

「本日は、先生のお許しも戴かずに、総裁選に出馬表明をした非礼の、お詫びに参りました」

「ほお、ネズミにも、そんな殊勝な言葉を吐く時があるのか」

濱名が嫌みを言った。

根津は、濱名に対しても丁寧に頭を下げた。

「私自身、ずっと出馬すべきかを悩み続けており、半ば衝動に突き動かされて出馬を決意致しました。その時、もはや周囲に気を配る余裕も失っておりました」

「まあ、せいぜい頑張ることだな」

「死力を尽くす所存です。そこで、是が非でも河嶋先生以下、皆さまのご支援を賜りたく厚かましくお邪魔致しました」

「今さら、支援を願うとは、虫が良すぎだろ、ネズミ。恥をかいて返り討ちに遭えばいい」

「お言葉ですが、濱名先生、今回の総裁選出馬予定者の顔ぶれをご覧になって、日本の将来のために汗をかく者がいると思いますか。彼らに、逆境のどん底にいる日本を救えるでしょうか」

「君なら、救えるのか？」

「少なくとも、未来に捧げる政策と覚悟はございます」

「消費税を二五％にするというご立派な政策のことかね？」

「いえ、今回は、消費税増税は封印致します」

「君らしくないね。どうして、消費税増税を封印してしまうんだね？」

河嶋が初めて口を開いた。

「消費税の税額を上げて、財政再建を図るというのは、安直だと気づきました。まずは私を政治家として信用してもらうことの方が重要だと、思い至りました。尤も、諦めたわけではありません」

「それで、君の政策とは、何だね？」

「若者が、日本に生まれて良かったと思える社会の実現です。さらに、シルバー・デモクラシー的な政策をやめ、国家としては、若者に厚く投資する体制を整えたいと思います」

「まるで共産国家が吹聴しそうな似而非ユートピアじゃないか。我々は保守政党なんだぞ」

「単なる人気取りの公約でもありません。そもそも、地球上のあらゆる生物は次世代へ命を繋いでいくことが至上命題で、そのためには時に己を犠牲にします。それは、生命の宿命です。

ところが、最近の日本人は、正反対のことばかりをしている。新世代から希望も選択肢も奪い、旧世代への優遇ばかり。そして、それを先陣切って行っているのが、民自党です。なぜなら、民自党の圧倒的な支持層が高齢者にあるからです。

しかし、それは間違っています」

いかにも根津らしい「完全無欠の正論」だった。

「きれい事だな。今どきの若者はすぐ諦め、最後はすべて社会のせいにして逃げてしまうじゃないか。根気がなく、承認欲求ばかりが高い。他人の批判はするけど、自分から社会参画する気はない。そもそも、政治になんてまったく関心もない」

「彼らをそんな無気力にしたのは、我々大人たちの責任では？

私は先日、首相公選制実現のデモをしていた若者と話し合いました。彼らは政治に関心を持ちたくて、選挙に行っても支持したい人が誰もいないと言います。つまり、私たちでは、彼らの希望になり得ない。

だからこそ、総理大臣ぐらい、自身の手で選びたいと、彼らは思っています。憲法の規定を叫ぶ前に、彼らの切実な心の叫びを汲み取ってこそ、政治家ではないでしょうか」

「おいおい、そんな子どもじみた声にいちいち耳を傾けるなよ。議院内閣制のいろはも分からないようなガキの戯言（ざれごと）に感動してどうするつもりだ」

「国民の代弁者を、国政に推し出せるから間接民主主義が機能するんです。しかし、若い世代は、エントリーさせてもらえないと、実感している。それは、不幸じゃないですか」

「だから、君がそういう若者の代弁者になるというのかね？」

「残念ながら、私では無理でしょう。なので私は総理となって次世代の代弁者を国政に引っ張ってきたいんです」

河嶋には根津の意図が分かったようだ。

「藤岡君はネズミの御託をどう思う」

「さすが根津先生だと、感動致しました。しかし、そんなきれい事では、与党民自党の総裁選挙は闘えません」

民自党が与党を堅持できるのは、選挙に負けないからだ。負けないために重要なのは、支持者の期待を裏切らないことだ。

支持者とは、民自党を支えている財界関係者や公務員、農家、高額所得者、そして高齢者だ。彼らが恩恵に浴し続けられることが、支持の前提だった。

根津の主張は、日本の未来のために極めて重要ではあるが、民自党のステークホルダーの期待に背く政策を余儀なくされる。

「藤岡君、年寄りの選挙通のような発言をするな。これは本来、君がやるべき仕事なんだよ」

根津に反論されて、藤岡の顔が引きつっている。

「根津君の意見、なかなか君らしい発想で、感動したよ。私自身も、君を応援したいと思った。だが、旧派閥の推薦となると、もっと現実的な側面を入れて仲間に説明する必要がある」

「機会を戴けるのであれば、喜んで致します」

「では、今晩にでも、皆を集めようか。で、根津君、勝ち目のない戦はやりたくない。勝算はあるのかね？」

「もちろん、ございます」

10

「聖さん、何と御礼を申し上げれば、いいのか。石牟礼先生には、色々お叱りばかり受けていて、到底ご支援を戴けないと諦めていたので、嬉しいです」

選対本部で、聖が石牟礼の支援獲得を報告すると、本多が珍しく恐縮した。

聖は、そこで石牟礼の条件を告げた。

一部は、本多とは相容れない考えもある。だが、彼女はすべてを受け入れると即答した。

天草が「本当によろしいんですか」と驚いている。

「選挙に勝利するためには、最大公約数的な発想が大事なの。民自党再生という重要な目的さえ合致すれば、後は多様な意見を包摂した方がいい。だから、むしろ石牟礼先生のようなゴリゴリの財政再建派の方が、仲間になって下さるのは、重要なのよ」

聖が捕捉する必要のない完璧な意見で、本多は天草の懸念を一蹴した。

11

未だ、検事総長を取材した興奮が冷めない中、北原は、論説委員室を訪ねた。

幸運にも会いたい相手が、在席していた。

特別論説委員の浦辺尚仁（うらべなおひと）は、再雇用組で、月に一、二回解説面で、インテリジェンスや日本の国境問題の論考記事を書いていた。

現役時代は、いわゆる諜報活動が専門だった。日本の新聞記者で、この分野を専門にしている記者は稀少だ。浦辺はその中でも、戦後の日本国内を舞台にしたスパイ活動情報を知悉（ちしつ）していた。

「やあ、北原君、久しぶり。じゃあ、『昴』で美味しいコーヒーでも、ごちそうになろうかな」

東西新聞社内にあるレストランの「昴」の良いところは、テーブル席がボックス席になっていることだ。だから外聞をはばかる話題も周りを気にせず話し合えた。それでも、北原は、店の一番奥の席を選んだ。

浦辺は東西新聞社創業時から変わらぬ「明治珈琲(めいじコーヒー)」を、喉が渇いていた北原は、アイスコーヒーを注文した。

「今日、検察筋から面白い情報を得たんですが」と切り出した。そして、情報源は伏せたままで、東京地検の事務官が、特捜部の捜査資料を横流ししていた疑惑について伝えた。

「すぐには思い出せないなあ。検察情報なら、私より、君の方がはるかに精通しているでしょう」

「その事務官は、情報を外国の情報機関に売っていた可能性があるんです」

「何を？」

「国会議員の不正疑惑です」

浦辺がしばらく考え込んでいる。コーヒーが運ばれてきたが、ミルクと砂糖を足してスプーンでかき混ぜてばかりいる。彼は右手の人差し指で、こめかみを叩いて考え込んでいる。

北原は、待った。焦(じ)らしても得るものはない。

「そういえば――一〇年ほど前にブラックマーケットで、国会議員の疑惑情報なるものが売られているという噂を耳にした記憶はあるな。でもね、聞こえてくる噂は、そんな凄い話でもなかったかな」

「どんな疑惑ですか」

「私は実物を見たわけじゃない。でも、割とすぐに消えた気がするな」

それは、事務官が急死したからではないだろうか。

「特捜部の情報を手に入れる工作をしそうな外国の情報機関は、どこでしょうか」

「世界じゅう、だろうね」

「アメリカやイギリスもですか」

「もちろん。彼らだって日本の国会議員の弱みを握れば、自分たちの手下として使えるわけだから」

　確かにそうかも知れない。

「ロシアや中国、北朝鮮が一番欲しがる気がするんですが」

「ロシアは、あまりないんじゃないかな。彼らが日本から得たい情報はないでしょう。あるとしたら、間接的にアメリカの重要機密情報でしょうけど、最近アメリカは、日本のインテリジェンスを信用していないから、重要機密情報は、日本に教えないようだしねえ」

「では、やっぱり北朝鮮ですか」

「彼らなら、いくらでも欲しいでしょうなあ。しかし、彼らの仮想敵も、今や日本からアメリカに変わっているからねえ。そういうのに熱心なのは、中国かも知れないな」

　北朝鮮ですら、ジャパン・パッシングが進んでいるのに、それよりはるかに大国の中国が、日本の国会議員を操りたいのか……。

「中国は、今でも日本を操りたいと考えている。日本は長年先進国クラブの一員であり、まだまだ利用価値がある。もし、日本を自国の傀儡国家にできたら、彼らはアメリカとの闘いも有利になる、という考えをする専門家はいるなあ」

　傀儡国家という言葉が気になった。

「たとえば、民自党の総裁選に介入できたら、やるでしょうか」

「おいおい、何の話をしているんだ」

ここは正直に明かしてしまおうか。北原は突然送られてきた鳴海事件の捜査資料の件を告げた。

「さすが、P担の鬼と呼ばれるだけはあるなあ。凄いネタじゃないですか」

「しかし、既に時効です。但し、現職総理の不正を糺すという記事は書けるのではないかと調べてみたんですが、難しそうです。それより東西新聞としては、総裁選が始まる直前に、こんなネタを送りつけてきた相手の正体こそ追求すべきではないか、ということになりまして」

さすがの浦辺もうなり声を上げている。

「日本の総理の選挙に介入できるのなら、中国は躊躇いなくやるかも知れないね。尤も、中国なら新垣に総理を続けて欲しいと考えている気がするけどなあ。まかり間違ってもアメリカかぶれの本多さやかなどが総理になったら、元の木阿弥だからねえ」

「本多は反中派ですか。例の恋人騒動を見る限り、意外に中国寄りなのかとも思えますが」

「インテリジェンスの視点から見れば、中国寄りの人間が、中国高官と恋愛関係にあったことを暴露されるなんて、ありえないと思うけどねえ」

なるほど、インテリジェンス的発想は、常にひねくれている。あんな騒動を起こすなら、逆に彼女は中国と繋がっているとは考えにくいという理屈は、理解できた。

では、中国政府は誰を支援しているんだ。

既に総裁選の候補者は、三人に絞り込まれている。消去法でいくなら、残りは根津幸太朗しかいない。

「中国が、根津を推したいと考えることはあり得ますか」

「ご冗談を。外交にまったく興味がない人物を推しても何のメリットもないだろ。まあ、国内問題しかやらないという政治家が、敵国のスパイだったというのは、ない話ではないけどね」

「万が一、根津政権になれば、誰が外務大臣になるんでしょうか」

「政治部に聞いてくれ。でも、根津総理なんて、あり得ないでしょう」

ならば、鳴海事件情報を送りつけてきた人物の目的は、総裁選ではないのだろうか。

「新垣総理を引きずり下ろし、本多政権を樹立したいと願っている国があるとしたら、それはアメリカしかないいねえ」

まさか。

だが、浦辺は冗談で言っているわけではなさそうだ。コーヒーに添えられた自家製ビスケットを摘っまんだ浦辺は、また考え始めた。

12

多田野グループの二一人を取り込むべく動いているという聖の話に、本多は珍しく興奮した。

「多田野先生が！　にわかには信じがたいです」

「あの方も政治家であるということです。つまり、時流に乗る大切さ、さらに担いでいた方に対する冷静な分析が、先生を突き動かしているんだと思います。尤も、まだ、決定したわけではありませんよ」

「そうですね。すみません、余りのサプライズに舞い上がってしまいました。総理派閥の方が、総理に一票を投じないというのは、余程の覚悟をされてるのでしょうが、協力に際してかなり厳しい条件があるんですか」

「本人から、具体的な条件提示は、まだありません。独断で私からは、財務大臣の留任だけを提示しましたが」

「多田野先生の財務大臣としてのご活躍は、私も素晴らしいと感じていたので、こちらからお願いしたいところです」

「さらに、根津陣営から、二位協定の相談がきました」

今度の驚きは、さらに大きかった。

「根津さんが⁉　私と協定を結びたいとおっしゃっているんですか」

「そうです」

どちらかが決選投票に入った時は、落選した候補者陣営が、協力するという協定だった。

「でも、私は消費税増税については、公約に載せたくないのですが」

「本多先生が、消費税増税をしないと公約に載せなければ、協力するという約束を取りつけています」

「なるほど……。では、問題ないですね。私も、近い将来、財源確保のためには、増税止むなしとは考えていますので」

「ですが我々が決選投票に臨み、根津先生陣営が支援すると判明したら、メディアは、消費税増税について質問しますよ」

天草の心配はもっともではある。

「そこは、現段階では考えていない、という表現で逃げて下さい」

「聖先生、それは支持者への裏切りでは？」

「天草さん、ウソはついてません。『現段階』ではと、ちゃんと断っているんですから」

天草がさらに反論しようとしたのを、本多が止めた。

「それでいきましょう。選挙は、戦争です。有効な戦略を選り好みするようでは、勝利の女神は微笑まないでしょうから」

*

「根津先生には失礼ですが、現状を鑑みるに、本多先生が二位になる確率は極めて高いと思います。そして、結局は新垣先生に屈する。負けるのが分かっている相手と組むのが得策なのでしょうか」

藤岡は本多さやかを嫌っていた。

「我々が二位になれば、いいだけでしょう」

根津に即答されて、さすがの藤岡も狼狽している。

「まさしく、そうだね。その心意気が大事だと私は思うな」

河嶋にまで言われて、藤岡は黙り込んでしまった。

13

午後三時——。目指す相手がクラブハウスから出てきた。

ハイヤーで待機していた佐々木は、悪目立ちしないように上着を脱ぎ、ネクタイを外して、車を降りた。

佐々木のターゲットは、駐車場に向かっている。

周囲に人がいないのを見計らって、辻山令子(れいこ)のブルーバードに近づいた。

「少しだけ、お時間よろしいですか」

「佐々木さん？」

令子は驚いたように立ち尽くした。

東京地検特捜部検事の辻山が内偵をしているという情報を得てから、佐々木は何度も辻山の自宅を訪れて、妻の令子と会っていた。

育ちが良いのか、性格なのか、令子は門前払いをしないので、自然と会話もするようになった。

辻山から情報を取れ、と北原に言われた時、佐々木が突破口として考えついたのが、令子に伝言することだった。

この日の令子は午後から二時間、近くのテニス倶楽部で過ごしていた。

「そこのベンチでお話ししましょう」

第一関門突破！　と思いながら、「実は」と切り出した時、令子はテニスバッグの中から封筒を取り出した。

「夫としては、これをあなたに渡すのが限界だそうです。

これが、あなたの努力に報いてくれるのを祈っています」

それだけ言うと、令子はブルーバードに戻って行った。

自分の行動が完全に辻山に読まれていたとは。

令子の車が視界から消えて、ようやく我に返ると、佐々木は封筒の中身を取り出した。

B５サイズの紙が一枚、二つ折りにして入っているだけだ。

どうやら名刺のコピーのようだった。

その名を見て「うっそ」と声が出た。

東西新聞　社会部記者
北原　智史
どういうことだ。

――彼には、それをあなたに渡すのが限界だそうです。

つまり、からかっているわけではなく、この名刺のコピーに極めて重要なヒントがあるということだ。

なんだ、ヒントって。

名刺の下に走り書きがあった。

〝事件に偶然はない〟

*

「事件に偶然はない、だと？」

興奮して声が裏返っている佐々木を落ち着かせてから、北原は、もう一度走り書きの文言を確認した。

すぐに、何を示唆しているのか思いついた。だが、受け入れがたい。

〝我々が握っている二つの事件が、繫がっているという意味かと〟

「佐々木は、どう考える？」

やはり、その解釈しかないな。

〝でも、僕には、二二年前の事件と現在の事件が繫がっているなんて、信じられません〟

「繋がっているというのは、この二つの事件が、同一犯であるとかではないのだと思う」

〝一度、社に上がります。もう少し、じっくり相談させて下さい〟

佐々木に了解したと返したところで、外信部長から声がかかった。

ワシントン総局長と回線が繋がったのだという。

浦辺と話しているうちに、北原は、アメリカは、民自党総裁選をどのように見ているのか、気になってきた。そこで、長年アメリカ・ウォッチャーを続けているワシントン総局長の前橋一文（まえばしかずふみ）にコンタクトしてみた。

外信部員が、特派員とディープなミーティングをするためのブースが一つ提供され、北原はそこに陣取った。

〝北原さん、ご無沙汰です。相変わらず、ご活躍ですね〟

「深夜に悪いな。そちらは二時頃だろ」

〝いえ、まだ飲んでましたから大丈夫ですよ。それで、お尋ねは、民自党総裁選挙についてのアメリカ政府の関心ということですが〟

「前提として、アメリカの新垣内閣の評価を知りたい。彼は、親中派でアメリカと距離を置こうとしているというフシもあるようだが」

〝従順ではないが、与（くみ）しやすいとは思っているので、新垣政権の存続を願っていると思いますよ。それと、新垣さんが親中派かどうかは、意見の分かれるところです。あの方は、主義やイデオロギーが皆無です。あるのは『何が得か』だけ。アメリカと関係が良くないから、中国と仲良くしておく方が、得やろというスタンスのようなので、アメリカは気にしてません。

それより、根津を警戒していますね〟

「彼は、外交には興味がない印象があるけど」

〝ロシアのサハリン開発推進に熱心なんです。ガチガチの財政再建派ですが、サハリン開発は、日本の産業振興に大きく寄与できるし、事実上の国土拡大にも繋がると考えているようですね。つまり、ただ歳出を削るだけではなく、産業復興で税収を上げる研究も熱心なんです。

なので、北方領土は諦めよと主張していますね。それは、アメリカとしては嬉しくないなあ〟

「例えばロシアがアメリカ大統領選挙にサイバー攻撃を仕掛けて、意中の人物を当選させたといわれているけれど、ロシアが、そういう手を、総裁選で行う可能性はあるのだろうか？」

〝日本の総理にそれほどの値打ちがあるのか、いささか疑問ですが〟

日本の総理なんて誰がやっても一緒、か。

「本多さやかは、どうだろう。彼女が中国からの支援を受けて総裁になろうとしているというような情報を、アメリカの情報機関が流す可能性とかもあるかな」

〝李毅とのスキャンダルの一件ですか。かなり荒唐無稽な疑惑ですね。それに以前から李には、アメリカのスパイ疑惑がありますからねえ。

アメリカは、まだ、本多を政治家としてはまともに見ていないと思います。なので、わざわざ潰すほどの相手なのだろうか、という疑問があります。ところで私からも伺いたいのですが、民自党の総裁選の背後には、そんな陰謀めいた話が蠢（うごめ）いているんですか。アメリカ政府は、新垣再選確実を歓迎していて、関心も薄いのですが〟

「俺にもさっぱり分からないんだ。だが、だんだんそんな気がしてきた」

＊

本多さやかは、中国のスパイだ。

中国政府から多額の裏金を受け取り、日米の機密情報を漏洩している。

特捜検事、辻山が提供した資料には、そんな衝撃的な文言が記されていた。

スイスにある匿名口座の番号、さらには、中国大使館勤務の一等書記官と頻繁に会っている様子を撮影した写真数枚など、本多中国スパイ説を臭わせる情報などがあった。

さらに、それを受けて辻山が内偵したり、極秘で取り調べた調書まで提供を受けた佐々木は、心臓が止まりそうになるほどの衝撃を受けた。

それでも、本多がスパイ行為を働いたという決定的な裏付けがなかった。

資料には、辻山の苦悩が滲むメモが無数にあった。

だが、資料を読んでいる限り、諦めるには早すぎる気がした。突破口になりそうな手がかりや、まだ、探し出せていない関係者の洗い出し、疑惑の人物への再聴取など、やれることはあったからだ。

にもかかわらず、特捜部は捜査を終えた。いや、終わらされたのだ。

ならば、俺たちが必ず本多の化けの皮を剝がす証拠を摑み、記事にしてやる！

佐々木は、そう意気込んで、不眠不休で取材を続けてきたのだ。

だが、空回りばかりが続き、挙げ句が意味不明のメッセージを受け取り、佐々木は完全に途方に暮れた。

ここまでか……。

いや、そんな訳はない。

北原さん、あとは頼みますと言いたくなるのを必死で堪え、佐々木はもう一度、自分が見落としたものがないかをチェックするため、車に乗り込み、司法記者クラブを目指した。

*

北原は、回線を切った後も、暫くブースから出られなかった。

最後の前橋の意見が、重要なサジェスチョンとして、鳴り響いている。

――アメリカ政府は、新垣当選確実を歓迎していて……。

だが、もし鳴海の事件を蒸し返せば、アメリカの想定は崩れる。

つまり、「アメリカにとって歓迎したくない結果」が生まれる。

だとすれば、アメリカは、何か対策を講じるだろうか。例えば、本多は中国のスパイだという資料を、特捜部に送りつけるとか……。

しかし、アメリカにとって、日本の総理なんて誰がなっても同じ――だというのが、通説だ。

だから、本多が総理になっても気にしない、とも言える。

彼女は、従来親米派だと思われてきた。だとすれば、本多が総理になる方が、より親密な日米関係を構築できると考えるのが妥当じゃないのか。

そこに立ちはだかるのが、「本多は、中国のスパイだ」という告発だった。

自分たちのテカだと思っていた本多の親米派はポーズで、本当は中国に魂を売っていると、アメリカの情報機関が摑んだら、彼らはどんなことをしても、本多総理実現を妨害するだろう。

そして、まず中国が、本多総理実現のために、新垣の旧悪を俺に暴かせようとした。

その動きを察知したアメリカのインテリジェンスが、本多潰しのために、東京地検特捜部に、「本多は中国のスパイ」と告発する情報提供をした――。

すなわち、辻山が言う「事件に偶然はない」となる。

いや、新垣は、親中派だと言われている。新垣総理を引きずり下ろしたい理由がなければ、中国はこんな荒唐無稽の策謀は画策しないだろう。

北原は、与党キャップに電話を入れた。

「つかぬことを聞くが、新垣総理は親中派だと言われているが、それは本当か」

調査報道部長からいきなり質問をぶつけられた与党キャップは、暫く慌てたようだが、何とか答えた。

〝このところ、アメリカからの圧力が厳しく、来月に予定されている日米首脳会談を前に、日本は、中国への経済制裁を強化し、米韓豪と連携した防衛包囲網を結ぶ条約締結も進んでいます〟

「じゃあ、親中派はやめるんだな」

〝元々、あの方は、全方位外交が身上ですから、親中派でも何でもなかったんです。それでも、中国と良好な関係を続けるポーズを保つ方が、大物に見えるため、親中派ぶっていただけですね〟

そして、まもなくそのポーズを新垣が辞めると、中国が知れば、彼を総理の座から引きずり下ろしたいと考えるのは、当然だ。

だとすれば、二つの事件は、繫がった。

だが、裏付けはゼロだ。

それでも書くのか。

東西新聞の紙面会議である「土俵入り」まで、あと二時間しかない。この時間までに、北原らが抱えているネタを紙面に耐えるまでの記事にしなければならない。

ほぼ不可能だが、時間いっぱいまでは足掻いてやる。

それが、記者という生き物の業だ。

第八章　揺るがない男

1

新垣総理が、二二年前の総裁選で買収工作指揮
「総理の座はカネで買うものだ」という発言も

　総裁選告示日の前日、スクープを連発する「週刊文潮オンライン」の特報だった。

「週刊文潮オンライン」の〝特報〟記事を読んだ北原は、とにかく現時点で打てる手を全て打った。

翌日の朝刊の紙面構成を決める編集会議である「土俵入り」まで、あと一時間余りしかない。

編集局長室に向かうと、政治部長や社会部長まで揃って渋面を浮かべていた。

「北原さん、『文潮』の記事は、正確ですか」

編集局長の河東政信は、平然と尋ねた。彼はどんな修羅場にも動じない。

　スクープはめったに書かないが、保守系全国紙としての揺るぎない言論を守り、暴走を防ぐ肝の据わった抑制力が買われて、編集局のトップに就いた。

　役職としては河東の方が上だが、入社年次は五期上の北原に対して礼節を忘れないのは、敵を作らない河東らしい気の配り方だ。

「誇張はあるが新垣については、ほぼこの通りだな。だが、聖は気の毒なぐらい誤解されている」

「当確師について誤解はひとまず脇に置きましょう。問題は、このスクープの扱いです。この記事について、一時間後に総理が会見を開くそうです。だとすれば、ここは、北原さんに紙面を預けたいと考えているのですが」

「磐田も了解済みか」

「紙面内容について、社長決裁は不要です」

つまり、全ての責任を河東が負うという意思表示か。

「本記については、一面、二、三面の政治面、社会面は言うに及ばず、必要とあれば、もっと増やしても結構です」

「民自党に忖度はしないぞ」

「当然です。我々は民自党の機関紙ではありません。そこは明確にして下さい」

政治部長も社会部長も異論はないようだ。

そして、政治部には事件の背景記事（サイド）を、社会部は街の声、経済部では財界からの声でそれぞれ構成することにした。

「それでお願いします。問題は、我が社の記事が、『文潮』を超えられるかです」

「こちらには、事件発覚直前に自殺した鳴海の公設第二秘書の日誌と、カネの送り先と金額を書いた手帳がある。それを出す」

北原の爆弾発言で、社会部長が身を乗り出した。

「そんなものがあるんですか！　絵（写真）を何枚か入れたいので、実物をお借りできますか？　ちなみに、新垣が扱ったカネの動きも分かりますか」

「暗号で書かれているが、新垣の暗号名は特定した」

「このヤマは他に誰が？」

「佐々木だ。だが佐々木には、絶対に外せない案件があるので、総理会見は折原を行かせます。聖のコメントは折原に取らせます」

「北原さん、これは〝続き物〟にしませんか。まずは、新垣総理の若き政治家時代の武勇伝とカネの噂。そして、鳴海に惚れ込んで、カネのバラマキ役を務めた経緯から始める。

タイトルは、そうですね『オッサンと呼ばれた総理』というので、どうでしょうか」

「面白そうだが、そんな連載、誰が書くんだ」

「もちろん、あなたです。ウチの優秀な記者を総動員しますから、こき使って下さい」

2

選対本部の会議室で「文潮オンライン」の記事を読み終えた本多は大きなため息をついた。

聖や天草の視線を感じているはずだが、全く無視して部屋を出て行った。天草が慌てて続いた。

久美子から〝話がしたい〟と、メッセージが入った。

〝了解〟と返したところで、天草が戻ってきた。

「記事に書かれている内容は、事実ですか」

「何の話だ？」

「鳴海さんの総裁選の選挙参謀だったあなたも、新垣総理と一緒に暗躍と書かれています」

「新垣総理については、概ね記事の通りだが、私に関しては、全て事実無根。単なる言いがかりだ」

「証明できるんですか」

天草が詰め寄ってきた。

「鳴海も、裏金の管理をした第二秘書もこの世にいないから、新垣総理に聞いて戴くしかないな」

「そんなことを聞けるわけないでしょう。聖先生、まじめに答えて下さい」

「私が裏金工作をやっていたとしたら、今、こんな仕事はできない。捜査機関やメディアが表沙汰にしなくても、永田町の住人に隠し通すなんて無理だろう」

「そんな言い訳は通用しないでしょ」

聖は答える必要を感じなかった。

むっとしたまま天草は、部屋を出て行った。

*

ホテルニューオータニに構えた根津の選対本部で、聖は、「週刊文潮」のスクープについて、説明を求められた。

「記事については、あなたの言葉を信じる。それで、『文潮砲』の記事が出るのを、事前に知ってたの？」

詰問する久美子は、すっかりジャーナリストに戻っていた。

「まったく把握していなかった。まさか、あんたは知ってたのか」

本多と中国高官との恋愛関係を知っていたように、聖が得られないような重要情報をもたらすネ夕元が久美子にはいる。

「知るわけないでしょ。そもそも、あれは、あなたに接触しないと書けないことばかりじゃない」

「いや、逆だ。俺とは接点がないから、あんな出鱈目な記事を書いたとも言える」

「でも、誰かが新垣総理の過去を探っていたのは、知ってたんでしょ」

「知ってはいた。但し、あのネタに肉薄していたのは、『文潮』じゃない。東西新聞だ。北原という社会部の記者を知っているか。鳴海が総裁選で健闘した時、贈賄疑惑のスクープを飛ばそうとした記者だ」

「第二秘書が自殺した時の疑惑か。あの事件を東西新聞も追っていたのか」

他の政治家の不正に無関心な根津に指摘されて、聖はたじろいだ。

「だが、鳴海の急死に続いて倉山さんが自殺したことで、特捜部は捜査を終了し、東西新聞の大スクープも見送られた」

「そんな二〇年以上も昔の、化石のような事件を、彼らは掘り起こしているのか」

「北原のところに、送り人不明の資料が送られてきたそうだ。そこに、『いつまで、鳴海事件を放置しておくのか』というメッセージが添えられていたらしい」

「じゃあ北原さんは、あなたに接触しているのね」

「二日前だ。だから、いつ東西新聞の一面に躍るのかと覚悟していたんだが、記事にならなかった。上層部が忖度したのかと思っていたところで、『文潮砲』だ」

「これで本多の総理の可能性が、相当上がったわけだから、むしろ喜ぶべきことじゃないか。おまえの口ぶりだと、総理の不祥事が暴かれたことが悔しいように聞こえるが」

根津の言う通りなのだが……。なんとなく釈然としないのだ。それにあくまでも勘にすぎないが、問題は新垣がどう出るかだ。

聖は部屋を出て、新垣へのホットラインに電話を入れた。


新垣との電話を終えるなり、東西新聞の折原から連絡が入った。

〝ウチの北原から伝言です。明日の朝刊で、鳴海事件を大々的に詳報するそうです。鳴海先生の総裁選で、新垣さんと共に暗躍されたという記事が『文潮オンライン』に出ましたが、それについて反論があるなら、弊紙で取り上げる——とのことです。必要なら、私がお会いしてお話を承ります〟

「後にしてくれ。早版までには、取材に応じる。但し、取材するのは北原だ」

〝分かりました。では、午後八時で如何でしょうか〟

「分かった。場所は任せる」

3

新垣総理の会見が始まった。

初めて首相官邸に入った折原は、すっかり緊張していた。

北原に取材してこいと言われて、「なぜ、私が?」と尋ねてしまった。

「聖に食い込んでいる君が適任なんだ」と返された。

「政治部や国会議員を追いかけている事件記者の目とは異なる視点が欲しいんだ。

君は首相公選制を試そうとする若者の活動を追いかけているんだろ。総理の釈明会見について、彼らから感想を拾ってこい」

それならテレビで会見を見てもやれるのに……。

総理大臣官邸報道室長が壇上に立って、今日の会見の流れを説明している。総理からの発表があった後、内閣記者会の幹事社所属記者による代表質問、それに引き続き自由な質疑応答と続くが、一時間で終了する、と明言された。

「会見内容は、総理の政治生命を左右する重大な案件なのだから、終了時間を規定するのは如何なものか」という抗議が出たが、それは無視されて、会見が始まった。

「一部報道機関で、二二年前に行われた民自党総裁選において、私が票集めのために議員にカネをばらまいたという記事が出ました。それについて、私自身の口から、事実を申し上げようと思います」

普段は、関西訛(なま)りで話す新垣総理が、今日は原稿を見ながら早口でまくし立てている。

「随分昔のことなので、詳細については記憶にありません。しかし、当時の政治事情を鑑みると、総裁選という政党内の選挙において、支援を得るために、見返りとして先生方に活動資金を提供したことはございました」

新垣は言葉を切り、記者の反応を確かめるかのように顔を上げる。一斉にカメラのストロボが焚(た)かれた。

「しかし、これはなんら後ろめたいものではございません。記事では、故鳴海匡先生が、不正に集めた資金だと書かれていますが、私はまったくその事実を知りませんでした。鳴海先生から、同僚議員に支援をお願いするに当たってのお礼として託されたものです。

したがって、私が不正を働いたという記事は事実無根であり、当該メディアに関しては、しかるべき法的手段を執る予定です。以上」

死人に口なしと、折原は思わず呟いてしまった。尤も、こんな古い事件で、大騒ぎすることには、そもそも違和感があった。

幹事社の記者が、質問を始めた。

「明日は民自党総裁選の告示日ですが、総理のご出馬は予定通りでしょうか」

「出馬を取りやめる理由はないでしょ」

「しかし、こうした記事が出ると、国民が不信感を覚えるのは、避けられないと思いますが」

「総裁選の結果が、国民の判断だと考えています。なので、しっかりとご判断戴ければと思います」

「総理は、故鳴海代議士から託された総裁選資金の出所について、不審な点はなかったという認識でしょうか」

なんだか、頭の悪い質問だな。

「先ほども、そう言いましたやろ」

総理も同じように感じたのか、関西弁が戻ってきた。緊張が解けたのだ。

「問題のネット速報によると、総理は当時、『総理の椅子はカネで買うものだ』とおっしゃったとありますが、それは事実ですか」

「アホなことを。そんなこと、言うわけないでしょ。それが事実なら、私は前回の総裁選でも、総理の座をカネで買うたことになるでしょう。そんな事実を、ＮＨＫさんは摑んではるんですか」

次に「文潮オンライン」の記者が指名される。

「総理が『総理の座はカネで買うものだ』と発言されたという証言を複数の方から得ていますが、

それでも否定されますか」

「全否定ですな」

「弊社では、疑惑のカネを提供した人物にインタビューをしており、その方から、追加の一億円は、新垣さんに渡したと証言した記事を一時間後に出しますが」

会見場がどよめいたが、新垣は平然としている。

「たとえその方が、私に選挙資金を渡されたとおっしゃっていても、そのカネに曰(いわ)くがあることを、私が知っていた証拠にはならんでしょう」

そこで広報官が会見を切り上げようとした。

「すみません！　一つ、どうしても伺いたいことがあります！」

折原は、我ながら驚くような大声で叫んでいた。

「東西新聞の折原と申します。日本の総理大臣を全国民の投票で決めたいという若者らの活動を取材しております。

彼らが、総理に失望しているのは、彼らの世代に向けたコメントがなく、総裁選の投票権を持つ人々に向けたコメントばかり聞かされているからだと言っています。

まさに今日のご発言こそが、彼らが政治に絶望する原因になっていると思うのですが」

「折原さん、ええ質問ですな。私もまったく同感です。そもそも週刊誌が、昔の事件と称するものをスクープしたから、総理大臣が会見開くやなんて、みっともない話なんです。

ですから、私は強く反対しました。ですが、内閣支持率を気にしている党の幹部に押し切られました。

だから、今、改めて皆さんに宣言します。

私が再任したら、若い人が誇れるような総理大臣を目指します。そのために折原さん、ぜひ、あなたが取材している若者たちを、官邸にお招きしたい」

やられた。そう理解した時、既に総理の姿はプレスルームから消えていた。

4

選対本部で新垣総理の会見を見ていた聖は、本多の反応を観察した。

新垣の過去の不正が、「週刊文潮」で暴かれてから、本多は変わった。

まるで心ここに在らずで、緊張感がなくなってしまった。今もそれが続いている。

不正が発覚してからはしゃぐ天草が、総理会見で「ちょっと総理として恥ずかしいですね。絶対、辞任会見だと思っていたのに」と、一喜一憂していても、本多は上の空だった。

「本多先生、この会見についてのコメントを求められます。私の方で、ドラフトを書いてよろしいですか」

「いえ、この問題は、私自身の言葉で、記者の皆さんにお話しします」

そこで、広報担当が顔を覗かせた。

「メディアの方が、先生のコメントを求めてらっしゃいます」

「すぐ、行きます」

本多は立ち上がると、そのまま部屋を出て行った。

本来なら発言内容を質すべきだったのに、聖は躊躇ってしまった。

さすがにまずいと感じて、本多を呼び止めようとしたが間に合わなかった。

「一部メディアの報道で本日、新垣総理の過去の不正が明らかにされました。総理は、総裁選で候補者を支持した見返りに、謝礼を払うのは、当時は当然だったので、不正でも何でもないという主旨のご発言をされました。

それこそが、先頃世間を騒がせたパーティ券不正の温床そのものではないかと、私は強い不快感を抱きました。私たちは、国民のみなさんから、厳しい非難の目に晒され、総理の派閥以外のすべてを解散し、信頼の回復に努めようと再起を期しています。

ところが、民自党の総裁である総理は、模範を示そうともなさらず、時代遅れの派閥政治を推し進めようとされています。

その理由が、先程の会見で明確に分かったと思ったのは、私だけではないと思います」

プレスルームは静まり返っている。

「民自党は変わらなければなりません。この度の総裁選は、それを党員の方だけではなく、広く国民のみなさんに訴える重要な選挙です。

その選挙に、新垣総理は出馬する資格はない。それどころか、直ちに内閣総理大臣を辞するべきだと考えております。

したがって、この会見後、官邸を訪ね、総理に退任を進言致します」

聖は呆然としていた。

いつもの本多はどこに行った。

これまで通りのスタンスで対応すれば、勝利が転がり込んでくるというのに。これでは逆効果だ。

いったい、どういうことなんだ。

記者が群がるのを振り切って、本多は会見を切り上げた。

聖は並んで歩きながら、あんな発言をした理由を尋ねた。

「聖さん、思うところがあって、あなたを解任します」

聖の反論を拒むように本多は背を向け、自室に籠もってしまった。

5

佐々木は、時々オンライン記事を追いながら、古びた木造家屋の方を見遣った。

小金井市前原町二丁目の住宅街――。既にここで二時間近く粘っている。

東西新聞社が大量の記者を新垣総理の不正疑惑取材に投入している中、佐々木だけはまったく別のヤマのために、張り込んでいる。

〝事件に偶然はない〟

特捜検事の辻山の言葉が、鳴海事件と本多は繫がっていることを示唆している。

「とにかく、おまえは本多事件を追え」と北原は言うが、佐々木には何を追うのか、その見当すら思いつかなかった。一つだけ確かなのは、もはや検察庁には近づけないという点だった。

仕方なく、辻山から託された捜査資料を読み直してばかりいる。すっかり諳んじられるほど読んでいる。見慣れた文を目で追ううちに、頭の片隅でアラームが鳴った。

〝米川鉄之進を聴取〟

何の変哲もない一行だったが、何となく臭った。

聴取記録がまったく記されていない。収穫がなかったからか、あるいは辻山が抜き取ったか……。

後者の気がして、米川鉄之進を検索した。

そして、一人の学者に行き着いた。

日中外交史研究者の相模原(さがみはら)大学国際日本学部名誉教授だった。

聴取当時、この学者は御年八一歳である。そのような高齢者が、しかも社会的な地位のある人が検察の聴取を受けるのはよほどの理由があったと思われる。さらに調べると、米川は元外交官で、外務大臣の秘書官を務めていた。大臣の名は、本多聴(そう)。現外相の祖父だ。

米川は、秘書官から本多聴の政策第一秘書に転身しているが、聴氏の引退と共に秘書を退職している。相模原大学の教授に就任したのは、それから七年のちである。

教授職に就く前の七年間については、いくら調べても分からなかった。

また、米川と本多さやか大臣との接点も見つからなかったが、とにかく会ってみることにした。名前が分かれば自宅を探すのは容易(たやす)い。

インターホンを鳴らすと、女性の声で「主人は、留守です」と返された。そこで、ずっと帰宅を待って張り込んでいるのだ。

待っている間も、必死で米川と本多大臣を結びつける糸口を探した。

東西新聞社の外務省担当や相模原大学に人脈のある記者、さらには本多の地元の支局にも連絡して、情報を集めている。

今のところ、分かっているのは聴の経歴の詳細くらいだ。

政界に入る前は外務省官僚だった聴は、北米担当が長かった。ところが、一九七二年は、日中国交回復に対応して、中国との関係を強化しなければならない時期に外相に就任。精力的に中国政府との親交に努めている。

とすると、聰の知見不足を米川が補っていたのだろうか。

秘書官となる直前の所属部署が、アジア大洋州局の中国・モンゴル第一課だった。大学の専門分野も「日中外交史」ということは、中国の専門家だったと思われる。

それだけの理由で、特捜部は米川を聴取したのだろうか。

いや、もう少し何かあったに違いない。

「あっ！　佐々木さん、自宅の前にタクシーが停まりましたよ」

運転手に教えられた佐々木は、すぐにハイヤーを降りた。


突然訪ねてきた無粋な佐々木を、米川は、拒否することなく自宅に招き入れた。

米川は、佐々木を書斎に案内し、紅茶とクッキーまで用意するもてなしぶりだった。

佐々木は調子が狂いつつも、米川が東京地検特捜部の検事から取り調べを受けたという情報を得て来た、と告げた。

「そんな情報をご存じとは、佐々木さんは、優秀な記者さんなんでございますね。確かに聴取を受けました。でも、新聞ネタになるような話はございません」

「どんな話をされたんですか」

「私がお仕えした本多聰先生と中国政府の関係でございます。なんで、そんな古い話を知りたいのかとお尋ね申し上げたところ、お祖父(じい)様からの縁が、現在のさやか先生にも続いているのかが知りたいのだと仰っておりましたが、さやか先生と中国との関係は、ほぼ皆無でございますね」

「でも、先日は中国の政治局委員との恋愛が発覚しました」

「あれは、私も驚きましたねぇ。李委員とは面識もございますから。ですが、お二人のご関係はまったく存じ上げませんでした。私のように半生を日中友好に捧げている者から致しますと、ぜひ、結ばれて欲しいお二人でございますねぇ」

クソ丁寧にしゃべるので、佐々木の調子が今ひとつ上がらない。

「李委員の消息が分からなくなり、粛清の噂もありますが」

「さすがに、現在の政権で粛清はないでしょうが、党中央の幹部からは、よく思われなかったのでございましょう」

「本多外相が、中国政府から政治資金の提供を受けていたという情報があるのですが」

直球を投げてみたが、彼の表情は変わらなかった。

「そんな情報は、初めて伺いますが、さすがに信憑性に欠けるのではないでしょうか」

「お祖父様時代のよしみで、お孫さんを応援したくなるというのは、人情では？」

「そのような場合は、私に連絡が入るでしょう。それに、海外からの政治資金は、違法であるという常識くらい、大臣はお持ちでしょう」

「だから特捜部は、米川さんに聴取をしたくなったんでしょうね」

「さあ、どうでしょうか」

そこで米川が、懐中時計を取り出して時間を確認した。

潮時――を感じて、佐々木は腰を上げた。

6

聖は、約束の時刻に、パレスホテル東京の一室に現れた。

「一五分だけだ。それと写真は、NGで」

聖が言うと、北原は同席していたカメラマンをすぐに帰らせた。

「まず、見て欲しいものがある」

北原は、鳴海代議士の公設第二秘書だった倉山の日誌のコピーを見せた。

「〝OS〟と記された新垣総理に関する記録だった。

カネが足りないので用立てられないかと懇願する新垣に対し、鳴海は厳しいと答えていた。すると、新垣は『ファンドの社長の頼みを聞いたれ。その代わり三億や』と言ったらしい」

「そんなものは、証拠にならないでしょう」

「我々は検察庁じゃない。倉山という愚直で正直な秘書の日誌には、ウソがない。それだけで充分、新垣の不正を暴ける」

聖は、まともにコピーを見ようともしない。そもそもこの男も、倉山の日誌を持っているはずなのだ。なのに、この記述を知らなかったのであれば、関心がないのだろう。

「だったら、お好きにどうぞ」

「私はあんたの裏付けが欲しいんだ。新垣から強く求められ、鳴海はファンド社長の請託を受けた上で、見返りとして三億円を用立ててもらった。その事実を認めて欲しい」

「北原さん、あんた、何度言えば信じるんだ。俺は、ファンドの森原が支払った三億円については、まったく与り知らない」

「『文潮オンライン』で書かれたあんたについての誤解を正したいのではないのか」

「ないね。反論なんてする方がバカだろ。私には、何も疚しいことなどない。だから、反論する必要はない」

それだけ言うと、聖は部屋を出て行った。

*

聖はパレスホテルを出ると、東大路に電話を入れた。

「明日、東西新聞で展開される記事で、おそらく総理の息の根は止まると思います」

〝新垣君もこれまで、ですか。彼は、どうするでしょうね?〟

「政権を投げ出すような無責任なことはしないでしょうが、総裁選出馬は見送るかも知れません」

〝では、本多と根津の一騎打ちになると?〟

「新垣派から誰かが立つかも知れません」

〝官房長官の早野君ですか〟

「なら恐るるに足らずですが、多田野先生が立った時は、厄介ですね」

〝なるほどねえ。で、あなたの見立ては?〟

「早野先生は人望がありませんが自他共に認める新垣の後継者です。一方、多田野先生は、政治手腕は素晴らしいが、派閥内での多数派工作をしていません。新垣総理が、多田野先生を後継者指名をしなければ、早野先生が立つのでは？」

そうすれば、多田野は引っ張り込みやすくなる。

一寸先は闇――が現実になって、多田野は苦笑いするだろうな。

7

総裁選告示日。

――東西新聞朝刊一面記事
「生きたカネを使え！」

「カネは、永田町の潤滑油や！」

仲間内から「オッサン」と呼ばれた男は、目的を達するために、適度にかつ有効にカネの威力を発揮してきた。

その結果、「オッサン」こと、新垣陽一は、永田町で絶大な信頼を勝ち取り、最終的には総理の座を手にする。

だからと言って、彼の行動は正当化できるのだろうか。

今から二三年前、東京地検特捜部は彼の多数派工作に不正ありと疑惑を抱くが、偶然にも彼の不正を立証する人物が立て続けにこの世を去ったために、捜査を断念する。

内閣総理大臣就任時に、新垣は地元での挨拶で、「俺は日本一幸運な男」と言った。彼の「強運」は、二三年前から、ずっと彼を守り続けてきた。

だが、そろそろ年貢の納め時が来たようだ。

「『オッサン』と呼ばれた総理」というタイトルの一面左肩の囲み記事で、北原はそう書いた。

さらに経済や社会の各主要面でも、鳴海事件の全貌と、それに関わった新垣の〝罪〟を告発する記事で埋められている。あとは、社長の磐田と編集局長がゴーサインを出せば降版できる。

午後九時を数分回り、早版の〆切時刻を過ぎた頃、ようやく北原の卓上電話が鳴った。

「河東です。降版してください。北原さん、久しぶりに血が騒ぎました」

北原が電話を置いて立ち上がって「降板しろ！」と号令を飛ばした。

歓声が上がり、編集局が活気づいた。

＊

佐々木は、荒木町（あらきちょう）のバーにいた。

「ペンと剣（けん）」という名のバーで、元は東西新聞記者だった堀部（ほりべ）が、オーナー兼バーテンダーを務めている。

彼は社会部で金融犯罪を主に担当していたという。今の彼はスキンヘッドに、ピアス、ハードロックのライブTシャツというアウトローな出でたちで、記者の名残（なご）りさえ感じられないが、今も時々フリーランスライターとして雑誌や新聞の仕事を請け負っている。特に北原には頼りにされているようで、彼の依頼ではかなり「ヤバいネタ」を追いかけることが多いようだ。

午前二時を過ぎたところで、客は佐々木だけになり、堀部が看板のあかりを消した。

「お待たせしました。君のご依頼のブツだ」

缶ビールと一緒に、Ａ４サイズの封筒をカウンターに置いた。

中には数枚の文書が入っていた。

「本多先生と中国との関係を結ぶものは、期待したほどでもない」

祖父の本多聰を偲ぶ会で、さやかが挨拶する姿や歓談している写真がある。

「公安調査庁や警察庁の公安筋に協力をしてもらった。すると、一人、気になる人物が見つかった」

堀部の細い指が、大判の写真の片隅を示した。そこには本多と笑顔で談笑している紳士が写っている。

「この男は、中国のインテリジェンス筋と太いパイプを持っていて、過去には官邸の代理人として中国政府との内密な交渉役も務めたことがあるらしい」

佐々木は、写真の紳士を凝視した。

銀髪の細面の上品な顔……間違いない、米川鉄之進だ。

「それと北原さんから、この一〇年の間に本多事務所を辞めた秘書がいないか調べるように言われていたんだけど、数人いた。その中に、一人興味深い元女性スタッフがいるんだ」

堀部が、薄いファイルを取り出した。

写真が挟み込んである。細面のどこといって特徴のない顔だったが、名字を見て声を上げた。

「天草遥ですか。今も、本多事務所には天草という男性秘書がいますよ」

「そいつの実姉みたいだぞ。それと彼女の履歴書を手に入れたんだけど、彼女の推薦人は、米川鉄之進だ」

8

民自党総裁選挙の告示日の午前八時、新垣総理は、緊急記者会見を開き、次期総裁選には出馬しないと述べた。

理由については、「一身上の都合」と述べるだけで、記者団の質問には一切応じず、会見を切り上げた。

聖は、すぐに天草に電話したが、応答はなかった。ダメ元で、本多にも連絡を入れたが、同様に呼び出し音が鳴るばかりだった。

まもなく、碓氷が出社してくる。

聖は二人分のコーヒーを用意して、待った。

総裁選告示が予定通りスタートし、本多は出馬の意を示し、メディアの囲み取材を受けた。

注目は、新垣派だった。新垣が後継者を指名しないので、派内の三人が出馬の意思を示しているようだが、共倒れを避けて一本化を図るはずだ。尤も、届け出〆切の午後五時までに間に合うのかどうか。

新垣派の何人かの議員の選挙アドバイザーを務めたことがある聖は、彼らから情報収集をすると共に、多田野と連絡を取ろうとしていた。

今のところ、完全に無視されているが、それは彼が出馬を模索している証(あかし)でもある。

碓氷が出社してきた。

「東西新聞は、凄まじい破壊力ですね。あの狸親父もさすがに、白旗を揚げるぐらい徹底していました」

昨夜、碓氷には東大路から受けた本当の依頼内容を話している。さらに、東西新聞のスクープ、北原から受けた取材についても、詳細に話した。

それまで黙っていたことを碓氷は珍しく非難した。

「そんなに私が信頼できませんか。ならば、私は辞めさせてもらう」とまで言う。「敵を欺くには、まず味方から、と言うじゃないか」と弁明したが、暫くは許してくれそうにない。

「新垣派は、やはり早野先生で固まりそうです」

近くのカフェで買ってきたらしいベーグルサンドを聖に渡しながら、碓氷が報告した。

「それは、朗報だな」

「今、千香ちゃんが得票予想をシミュレーションしていますが、本多先生が圧勝しそうです」

聖の予想では、本多と根津は、二対一以上の差で本多がリードしている。

だが、決選投票まで持ちこめば、早野支持者を取り込める可能性がある根津にも勝機が生まれる。

「旧立志会は、本多支持で固まりそうか」

「新垣総理の失脚で、本多総理の期待が膨らんでいるのは事実です。しかも、彼女には、東大路先生の後ろ盾もある。静村先生と共に新垣総理を推していた先生たちも、雪崩(なだれ)を打って本多支持を表明しています」

「だが、彼女の昨日の態度が、皆、気になるんだろうな」

「おっしゃる通りです。東西新聞は総理の政治生命を絶つ証拠まで提示していますから、退陣、不出馬は致し方ないでしょう。しかし、あんな古い話を今さら持ち出され、脛に傷のある先生たちからすれば、新垣さんには同情の念があります。それを、厳しく糾弾した本多先生の態度は、反感しか生まないでしょう」

総裁選の二週間で、風向きがどのように変わるかは、今回はまったく予想がつかない。

「それと、東西新聞は、もう一つ爆弾を用意しているそうです」

「鳴海事件に、これ以上の深い闇はないぞ」

「鳴海事件ではなく、別の総裁選候補者のネタらしいです」

9

「あっ、天草さん、少しだけお時間よろしいですか」

佐々木と連絡を取り合った直後に、折原はまさに目当ての男を呼び止めた。

「ちょっと急いでいるんですけど」

「三分だけです！」

そう言って折原は「空室」とあった会議室のドアを開けて、天草を引っ張り込んだ。

「意外に強引ですね」

「他社がいますからね。聖さんを解任されたと聞いたんですが、事実ですか」

「うん。新垣さんの旧悪に絡んでいたような者を、本多の選挙参謀に据えるのは、まずいでしょう」

「でも、聖さんは、鳴海さんの事件にはノータッチみたいですけど」

「李下に冠を正さず、ですよ。じゃあ、もういいですか」

なるほど、そういう発想か。結構、ドライなんだな。

「あと一つ。天草さんのお姉様も、本多先生の秘書を務めてられたんですよね」

天草の顔が引き攣った。

「姉は、随分前に退職したよ。何で姉に興味があるわけ？」

「本多先生の関係者の方に色々話を伺っているんですよ。それで、うちのデスクが女性秘書はいないのかって言い出して」

なぜか、本多には女性秘書がいない。それを口実にしたのだ。

「でも、姉は日本にいないんだ」

「どちらに？」

「言う必要はないでしょう。もう、本多先生とは無縁なんだから」

今まで、折原は天草とうまくやっていた。飲みに行ったことすらある。なのに今日はやけに冷たい。

「なんか、普段の天草さんと違いますね。お気に障ること言ってたらごめんなさい」

「そう？　まあ、今日は激動だし、総裁選が始まったのに、問題山積で大変なんだから」

独特の口調の天草は、早口にそう言うと一人で出ていった。

さて、どうしようか……。

昨夜遅く、折原は佐々木が極秘で取材している「事件」について聞いた。

本多さやかが、中国から裏金を得て、中国に利する活動をしている可能性がある――。にわかに信じがたい疑惑だった。

だが、彼が指名した特捜部の資料だけでは、本多が中国のスパイであるという証明ができないので、佐々木は関係者に取材しているらしい。

——折原さん、本多の選対本部に入り浸ってるでしょ。ならば、ちょっと助けて下さい。

福岡勤務の時は、事件担当だったこともある折原には、佐々木の興奮と苦渋は痛いほど分かる。

だが、何とかしてあげたくても、天草があの態度では、打つ手がなかった。

廊下に出た時、関口健司が、天草の部屋から出てきた。聖のところから派遣されている男だ。ドアを後ろ手に閉めた関口は、折原と目が合うとギョッとして立ち尽くした。

10

聖がダメ元で押しかけたところ、北原は、神田小川町のマンションに戻っていた。

インターホン越しにうめき声がしてドアが開き、寝起きらしい北原が立っていた。

「何の用だ」

相手の許可を待たずに、聖は上がり込んだ。

「おい、なんだ、勝手に」と文句は言ったが、北原は止めなかった。

「まずは、今朝の朝刊、素晴らしい大スクープでした。一人の総理大臣の息の根を止めた。まさに、第四の権力の面目躍如ですね」

「そんなことを言うために、上がり込んだのか」

「ここまで世間をあっと言わせたんです。もう一本の方は、ニッポンの未来のために自重して戴きたい」

「何の話だ?」

北原がくわえようとしたタバコを床に落としてしまった。

記者は、不意打ちに弱い。自分たちは、いきなり相手の喉元に匕首を突きつけるような不意打ちの取材が好きなくせに、逆襲には極めて弱い。

「北原さん、何でバレたって顔に書いてあります」

「何がバレたんだ?」

「本多先生の醜聞です。あれは、この国の政治体制を破壊してしまいます。絶対に世間に晒してはなりません」

「つまり、中国のスパイである本多さやかが日本の総理大臣になろうとしているのを、あんたは知っているということか」

北原は明確に「醜聞」の中身を知っている。一体、どんな証拠を握っているんだ。

「それは事実無根です。それでも、そんな記事がオタクの一面を飾ったら、本多先生だけではなく、民自党、いや日本の民主主義が終わる」

床に落ちたタバコは拾わず、北原は別の一本をくわえて火をつけた。

「前にも言ったと思うが、日本の民主主義だどうだのという話を聞くつもりはない。もし、本多が中国のスパイだと暴いて民自党が終わるなら、終わればいい」

「北原さんのジャーナリストとしての正義感は見上げたものです。だが、あなたも日本人でしょう。日本の恥を世界に晒すつもりですか」

「こんなスキャンダルを、忖度で握り潰す方が、世界に恥を晒すんだよ、聖さん」

「いつ出すんです?」

「そんなことを教えると思うか」

「総裁選期間中の可能性もあるんですね」

「当然だろう。下馬評では、新垣不出馬によって本多総理が確実なんだろう。ならば、止めないとな」

止め方が違うんだ、と言っても、この男は聞かない。

「先日、取材に応じた見返りに、記事が出る日が決まったら教えてもらえませんか」

「教えたら、どうする？」

「その前に、本多先生を総裁選から降ろします」

「あんたは、選挙参謀を解任されたと聞いているぞ」

「それは、デマです。私は今でも本多さやかの選挙参謀を務めています」

自分の依頼主は、東大路なのだ。本多には解任権はない、とは言わなかった。

「だとしても、総理の座を手に入れたも同然の本多が、素直にあんたのアドバイスを聞くとは思えんな」

できれば出したくなかった〝切り札〟を、聖は北原に差し出した。

「なんだ、これは？」

「そこに写っている女性は、あんたらが探している人物だ。詳しくは裏面を見てくれ」

北原は、写真を裏返し、目を見張った。

11

六本木の事務所に戻った聖は、並乃梓を含めたスタッフ全員を集めた。

「今回の総裁選について、皆に詫びなければならないことがある。私は、東大路先生から依頼されて本多さやか先生の選挙参謀に就いた。

だが、その目的は彼女を当選させるのではなく、落選させることだ」

「まじっすか。ってか、それってマズくないんですか」

健司は驚いているが、千香は、納得したように何度も頷いている。

「楽勝で確実な候補者の参謀に就くなんて、何か裏があるんだろうと思っていたけど、聖さんヤバすぎ！」

聖は、その理由も正直に話した。この情報が漏れると、日本がひっくり返るような話だが、聖はスタッフ全員を信じている。

「よく分からないんだけど、最初から、彼女のスキャンダルを晒してしまえば、こんな回りくどいことを、やんなくてよかったのでは？」

現実主義者らしい意見を、千香が吐いた。

「そんなことをしてしまっては、彼女は大切な人を失ってしまう」

「なら、聖さんが新垣総理の選挙参謀になった方が、シンプルだったんじゃないんですか」

健司の言うとおりだ。

「そうなんだが、東大路先生から、次期総理は根津でというオーダーもあった」

それは、聖も望むところだった。だから、根津にも湯浅にも知らせず、久美子を巻き込んだのだ。

「じゃあ、新垣さんのスキャンダルを『文潮砲』に売ったのは、聖さんなわけ？」

「いや、千香。俺は何もしていない。今考えると、あれは中国の情報機関によるリークだった気がするな。本多先生への援護射撃なんだろう」

あの援護射撃は、強烈だった。これで、本多の総理就任は、確実になっている。

「この状況で、本多先生を落とすって、チョーむずいよ。しかも、天下の当確師が、落選師になるなんて、嫌だなあ」

「だが、日本のためだ。そして、念願の根津総理実現のためでもある」

「結果として本多先生が敗北するなら、大切な人は守れないのではないの？」

梓が最も重要な点を指摘した。

「一度だけ、敗者復活があるらしいんだ」

「どういうこと？」

千香の反応が一番早かった。

「アメリカの情報機関の情報提供者（アセット）から、今回の選挙でダメでも、あと一度チャンスは与えるという命令が出ているらしい。だが、二位以内に入らなければ、ダメなんだがね」

「そんなアセットがいるなら、大切な人も探し出して救出してやれよ！」

千香の怒りは分かるが、そこは難航しているらしい。

「依頼主の東大路先生は、アメリカから命令を受けて、本多先生を落とそうとしているってことですよね。つまり、東大路先生は、アメリカのスパイなんすか」

健司が、また地雷を踏むような発言をした。

「健司君、良い質問だけど、今のところは、そこは不問にしよう。アメリカにとって中国の息のかかった日本の総理は許せないけど、それは日本も同じだから」

碓氷に言われて、健司は素直に引き下がった。

「とにかく本多を二位にすることがミッションなんだ」

「でも、現状、本多先生は圧勝するよ」

「千香、そうはさせない」

*

その夜、聖は本多と選対本部が入っているビルの四階の貸し会議室で、二人きりで会った。

聖は本多にこれまでのすべてを提示した。

本多は驚きもせず、黙って聖の説明を聞いた。そして、話が終わったところで、静かに口を開いた。

「やはり、東大路先生は、ご存じだったんですね。先生が、無理矢理聖さんを選挙参謀に押しつけた時、そういう感触を抱きました」

さすがに聡明な人だ、と感じ入った。

「でも、私にはどうしようもなかったんです。李との間に息子を授かったと知ってすぐに、二人でアメリカへの亡命を画策しました。しかし、その前に、息子は、米川さんと天草遥によって誘拐されてしまったのですから」

今、息子は、三歳になっている。

天草姉弟(きようだい)は、中国国家安全部のエージェントであり、米川の配下だった。

「アメリカは、あなたが民自党総裁に就くことを妨害するために、東京地検特捜部に偽の情報をでっち上げ、あなたを中国に操られた売国奴に仕立てようとしました。

しかし、それは土壇場で、何らかの力が働き、捜査が中止された」

「そうだったんですか。それは、初めて聞きます。でも、検察庁の上層部や政府高官にも、中国のアセットはいるのだと聞いています」

「特捜部は政治的圧力をよしとせず、情報を東西新聞の記者に託しました。ご存じかも知れませんが、あの社には、北原という敏腕の事件記者がいます。彼は特捜部からもらった資料を基に、あなたを糾弾する準備を始めていましたが、それはご安心下さい」

「えっ、東西新聞は記事にしないんですか」

「あなたが中国の売国奴だと分かれば、民自党は崩壊し、日本の政治は立ち直れないほどのダメージを受けるから、記事を控えてほしいと頼んだのですが、それは、拒絶されました。

なので、天草遥とご子息が写った写真を託しました。この子の命を守るために、記事を控えて欲しいと。

そもそも特捜部から受けた資料の一部は、アメリカの情報機関が捏造した物であるのも伝えました」

本多は、聖が見せた写真に写る息子の姿を愛おしそうに撫でていた。

「それで、納得して下さったんですか」

「おそらくは。なので、あとは本多先生が、二位になることだけです」

「中国が、新垣総理を破滅させた段階で、私は覚悟を決めました。もう彼らの言うとおりにはしないと。なので、敢えて彼らの命令に従うことにしたんです」

「つまり、総理を猛烈に非難した」

「中国は、この機会を逃さず、新垣総理を徹底的に叩けと命令してきました。それは、中国的な政治闘争法です。日本では馴染まない。だから、本当に勝ちたいなら、彼らの命令を無視した方がいいのですが、敢えて、彼らの指示に従いました」

そのため、それまで好感度が高かった本多の「化けの皮が剝がれた」という書き込みがＳＮＳで流れた。それをリードしたのは、千香だった。

聖は続ける。

「さらに、石牟礼先生に、脱炭素なんて無理だし、財政健全化も約束した覚えはないと面と向かっておっしゃったそうですね」

「ええ。もの凄い剣幕で叱られました。新垣総理が出馬断念をして楽勝だと分かったから、そんな卑劣な発言をするのかと」

そして、石牟礼は土壇場で、本多の支援を取りやめ、根津の支援を決めたのだ。

「聖さんは多田野先生に、実は私が多田野先生を財相にするつもりがないと囁かれた。その直後に、根津先生との会談がセッティングされた」

それを把握しているのは、さすがだった。

これで、本多と根津の国会議員の支持者の差は、かなり狭まった。

だが、まだ多くの浮動票が残っている。

「これから、私は早野さんを徹底的に叩きます。それで、万が一私と根津先生の決選投票となれば、早野さんの票は、根津さんに流れるかも知れません」

総裁選は、本多、根津、早野の三人が届け出て締め切られた。

「本多先生、本当にお辛いと思います。でも、間違っても三位にならないために、頑張ってください。まだ、国会議員の浮動票だけでも、七〇票近い。それが、万が一、早野官房長官に流れたら」

そこで本多は微笑んだ。

「その時は、その時です。正直申し上げると、私は三位になるより、一位になる可能性の方が高いと思っています」

それは、聖も同感だった。

勝負は、四七票ある地方票だった。

12

総裁選告示から三日目――。

折原は、山形県酒田(さかた)市にいた。朝から青森県弘前(ひろさき)市で、民自党の「意見交換会」を二ヶ所回り、それから午後四時に酒田駅に到着したのだ。

新垣総理不正疑惑の大スクープ以来、社会部の遊軍記者は全員、そちらにかかりきりで、総裁選取材は実質、折原一人が任されていた。そこで彼女は根津を追って地方行脚を始めたのだ。

根津は、他の議員と異なり、告示日二日目からずっと地方行脚を続けている。

根津は各都市で、必ず二度「意見交換会」を開く。一度は、地元の民自党幹部や地元の有力者たちが集まる会で、多くの陳情に耳を傾ける。根津は、ただ聞くだけではなく、彼自身の見解や打開策をその場で返す。

例えば、高齢化が進む農家の後継者問題の相談を受けると、根津は「地元で連携した小さな法人をつくってはいかがでしょうか。それは、県の農林担当にも指示をしていますし、資金的な問題もサポートします。農協も積極的です。

さらに、都会などで農業に興味のある若者やリタイアした人に場を提供してはどうですか」と続ける。

これらの活動によって、国民と政治家の距離が縮まってきたように、折原には見える。

根津は、気難しいという評判だが、そこは、選挙参謀を務める真藤久美子の存在が大きい。意見交換会には、有名人の彼女を一目見ようという「野次馬」も詰めかけた。

また、四〇歳未満限定の意見交換会も必ず開き、選挙権のない若者らの参加も認めた。

根津は、できないことは「今すぐには難しい」とはっきりと言うし、その理由も言い添える。それに、次善の策を提案したり、もっと時間をかけて問題解決を皆で考える会を、継続して持って欲しいと要望することもある。

政治や行政は一方通行ではダメだ。一緒に参加することで、本当に求める行政サービスが生まれるという信念からの提案なのだと、話していた。

世間では、本多圧勝のムードだが、少なくとも根津が訪れた街での彼の人気はうなぎ登りで、党員の新加入も増えているらしい。

折原は、それらの情報を毎日、キャップの鳥山に送り続けた。原稿は、他の候補者とのバランスもあるのだが、行数が削られることはあっても、概ね掲載されていた。

*

聖は、解任されたにもかかわらず、本多の選挙参謀を続けていた。

連日彼女は都心部で演説に立ち、新垣総理をはじめ、他の候補への攻撃を続けている。

「たとえ相手が、自分を引き上げてくれた大恩人であっても、不正が分かれば真っ先にそれを諫め(いさ)た勇気ある政治家」と自らを評し、アピールした。

そして、新垣に引退を勧告した以上、自分が国民の皆様への責任を負うと言い、新垣に異を唱えない他の候補者は、不正を糺す覚悟のない不適格者だと決めつけた。

根津に対しては「産業政策を推し進める気概がなく、二言目には消費税増税を口にする頑固者で、今回は総裁選に勝つために、消費税について言及していないだけ」の政治家と批判する。

早野に至っては、「新垣総理からの承認を得ることなく、勝手に出馬を決めた自分勝手な方であり、官房長官以外に、大臣を務めたことがないのは経験不足」と斬り捨てた。

政策については、「新垣総理の政策を継承しつつ、私自身が考えに考えた『三つの誓い』の実現に邁進したい」と述べ、強気の主張を展開していた。

本多への支持率は徐々に下がり、一方で根津の追い上げが続いた。

＊

総裁選投票日の前日の夕刻、民自党本部の講堂で、候補者による討論会が開催された。

聖事務所による昨日時点の三者の支持率は、本多四四％、根津三五％、早野一二％だ。

だが、派閥が解散されたため、この支持率はかなり流動的だ。まだ、国会議員の三分の一は浮動票に近いという説もある。さらに全国各地の党員票は、本多と根津の激戦が続いている。四七都道府県の内訳は根津が一八、本多一一、早野一だった。

開会の挨拶のあと、三人の候補者がステージに現れた。

告示日以来、スカイブルーのスーツを着続けている本多が、続いて早野がまず深々と頭を下げてから中央の席に着いた。最後に根津が、堂々とした足取りで入場した。

一分間の所信表明では、本多は「母性あふれるニッポン、頼れる総理」をアピールし、早野は「新垣総理の総決算を任せて欲しい」と新垣総理が掲げた政策をなぞるように挙げた。

根津は「若い人たちが政治に参加するための応援と、日本が豊かさを取り戻せるよう共に前進する三つの約束――有言実行、即断即決、生活目線の政策徹底」を披露した。

いかにも根津らしいくそ真面目なスピーチだったが、総裁選で多くの人と交流した成果なのか、かつての頑迷さは影を潜め、頼れるオヤジ像が滲み出ていた。

次のテーマ別のトークで財政再建の問題に差し掛かったところで、本多が根津に攻撃を始めた。

「根津先生に、ぜひお伺いしたいのですが、先生は、以前から日本もヨーロッパ並みに消費税を引き上げるべきだと訴えておられました。まさしくミスター消費税という印象もあるのですが、今回は、選挙に勝つために封印されたとか」

「選挙のために、自らの政策を封印するような姑息な真似はしませんよ。私が、今回、消費税増税を公約にしなかったのは、考えを改めたからです。一向に景気が良くならない日本社会に於いて、まずは日本の税の使い方を見直すこと、さらに、景気浮上を考えることの方が、重要だと考えたんです」

根津は自信たっぷりに答えた。

「景気浮揚策については、公約で言及されていませんが、どのような政策をお考えなんですか」

本多は丁寧な口調で、根津ににじり寄った。

「今回の総裁選で私は地方を訪ね歩きました。そして、高いポテンシャルを感じました。まず、第一次産業で、例えば農業では、国際競争力のある農産物がたくさんあります。その輸出を推進します。

漁業もしかり。円安と原油高の影響で、大漁でも燃料費負担が大きすぎて赤字になるという問題を解決するには、輸出しかありません。幸いにも複数の地方大学で、鮮度と味が落ちない冷凍技術の開発が進んでいるため、それを生かします。

そして、林業はバイオマス発電の推進を徹底します」

「いずれも、素晴らしいアイデアですね。でも、根津先生、重大な盲点があるのは、ご承知ですよね」

本多は余裕綽々だった。

「いずれの事業にも政府による強力な支援が必要ですが、財源はどうされるんでしょうか。やはり、消費税ですか」

見事な切り返しだ、と聖は感心した。本当は、彼女が総理になるべきなのかも知れない。返す返すも本多が置かれた状況を気の毒に思った。

「いや、財源については、無駄な歳出を減らすことで考えますよ」

「確か根津さんは、ロシア開発を昔から主張されていましたが、シベリア開発でカネを稼ぐおつもりではないんですか」

「ロシアねえ。それも、悪くないかも知れませんね」

根津の答えに、早野がいきなり斬り込んできた。

「皆さん、お聞きになりましたか？　根津先生は、ウクライナにあれほどまでの残虐行為を働いたロシアと、同盟を結ぼうとしているんですよ」

「早野さん、根津さんは、何も同盟を結ぶなんておっしゃっていませんよ。私も、ロシアのシベリア開発については、重要な課題だと思うんですが、新垣政権は、ロシアに対して中途半端な対応しかしてきませんでしたが、早野さんは、ロシアは敵だとお考えなんですか」

「そこまでは、思っていませんよ。大事な隣国ですから」

「でも、根津さんのロシア開発には懐疑的ですよね。じゃあ、ロシアに対してはどういう姿勢で臨まれるんでしょうか」

「それは、新垣総理の政策を継承してですね……」

早野はそこで口ごもった。

「アメリカに気を遣いながら、どっちつかずの外交政策を続けられるんですね」

「失礼な言い方だな。そもそも新垣政権の現職外務大臣として、自らの失政を棚に上げて何を言ってるんだ」

苦し紛れな上に、感情的になってしまった段階で早野は、大減点だった。それでも、対ロ外交についての指摘は、答え如何では、本多が不利になる。

「対ロ外交について、シベリア開発は日本の重要なビジネスチャンスなので、強硬路線を取るべきではないと、総理にこれまでも申し上げてきました。しかし、早野官房長官をはじめとして総理は、アメリカの意向ばかりを気にされておられましたよね」

「今の発言は、聞き捨てならないなあ。第一、それはあなたが外務大臣として不甲斐ないということでしょう」

「ちょっと待って下さい。こういうトークは、見ている人には楽しいが、将来の総理を決める討論としては、不毛では。

大切なのは、ライバルを詰ることではなく、我々の前に山積みになっている懸案に対して最良の政策を立案することでしょう。

私は、対ロ問題について日本がやれるのは、ウクライナとの和平に積極的に介入し、戦争を終わらせ、今以上のロシアとの友好を図るべきだと思いますよ。

隣国との友好関係は、極めて重要です。いや、日本は平和を愛する国と標榜（ひょうぼう）しているわけですから、日本には、敵国はいない。それぐらいの姿勢で臨むべきではないでしょうか」

会場から「そうだ！　いいぞ、ネズミ！」という声が飛んだ。

聖も、喝采を送りたかった。いつのまに、こんな技を覚えたのか。聖は、自分の隣で夫の発言を見つめている久美子に囁いた。

「よくぞ、あそこまで仕込んだな」

「それがね、自分で進化したのよ。よほど地方での遊説と若者との交流が効いたみたい」

司会者が、最後のテーマとして、日米関係についての発言を各候補に促した。

劣勢に追い込まれた早野が、司会者の指名より早く発言した。

「まずは、本多先生に伺いたい。先生は、『三つの誓い』で、『平和維持のために憲法維持』を掲げられ、安保関連法の無効を訴えられていますが、それは、日米同盟を解消するという意味ですか」

通常の選挙であれば、この質問は、両刃の剣だ。だが、保守政党である民自党では、事情が異なる。

すなわち、日米同盟の否定は、民自党員としては、裏切り行為となる。

本多は、その質問を予想していたのだろう。動揺する様子もなく答えた。

「とんでもないことです。今後も日米安全保障条約を大切に守り続けます。ただ、憲法に集団的自衛権の放棄を謳（うた）っている限り、安保法制は違憲です。そして、日本が戦争に巻き込まれないために、平和憲法を維持することは、すなわち国民の命と国益を守ることになります。

それとも早野先生は、国民の命を擲ってでも、アメリカに媚びを売り続けたいんですか」

「今の発言は、なんだ！」

会場から怒声が飛んだが、本多は気にしていない。早野は顔を真っ赤にして反論した。

「私がいつ、アメリカに媚びを売ったんだ。発言の即時撤回を求める」

「まあまあ早野さん、そんな激昂しないで、冷静にいきましょうよ。それに私は、あなたが昨年の日米首脳会談で、ハリス国務長官から、沖縄基地の『思いやり予算』の増額を快諾したという文書を、ここに持っているんですが」

根津がいきなり、スーツの内ポケットから文書を取り出した。

「これについては、今から申し上げるＵＲＬにアクセスしていただければ、文書のコピーが読めます」

根津が、ＵＲＬを告げると、会場に詰めかけた議員や党員が端末機を取り出して打ち込んでいる。

この瞬間、早野の三位は決定した。

13

討論会終了後、選対本部に戻った根津らを、旧河嶋派の若手のリーダー、藤岡加世子が訪ねてきた。彼女は、若手議員三人を引き連れている。

「ご存じかと思いますが、派閥が解散した後、四〇代までの若手議員で、〝ＮＥＸＴ　ＡＧＥ〟という勉強会を結成しました。旧河嶋派は、私を含め三人しかいないのですが、新垣派を含めた参加者は、三三人おります。先程の討論会を拝聴し、〝ＮＥＸＴ　ＡＧＥ〟として、根津先生の政策に賛同致しました」

同席していた湯浅は、驚いた。先日の旧河嶋派の面談では、藤岡は根津に対して敵愾心を抱いているとしか思えなかったのに……。

「それは嬉しいな。今、若手という言葉を聞くだけで、私は身震いするんだよ。しかも、その提案を、藤岡君から戴けるのは感激だ」

そう言うと根津は、四人の議員らの手を両手で握りしめ、深々と頭を下げた。

*

思わぬ支援者の来訪で湧き上がっているところで、今度は湯浅を尋ねてきた者がいた。谷畑栄輔というベテラン秘書だった。湯浅に政治家秘書のいろはを教えてくれた恩人的存在で、現在はかつて仕えた議員の息子の公設第一秘書を務めている。

彼には、まだ、投票先を迷っている議員の勧誘を依頼していた。

「谷畑さん、連絡戴ければ、私からお邪魔したのに」

「いや、選対本部の雰囲気を感じたくてね。やけに熱気あるねえ」

湯浅は、選対本部が盛り上がっている理由を谷畑に説明した。

「ほっほお、〝NEXT　AGE〟の先生たちが揃って根津先生の支持に回ったのか。彼らの多くは、本多先生を応援してたんだけどね」

だとすれば、得るものはさらに大きい。

「それにしても、討論会での根津先生は、素晴らしかったね。いつのまに、あんな大人になられたのか」

「正直、私も驚いています。でも、やる時はやる人ですから」

「環境が人を強くするということかな。それと内助の功も大きいな。真藤久美子を総理にしたいと前々から思っていたからね」

湯浅は苦笑いを返すしかなかった。そんな風に思っているのは、谷畑だけじゃない。

「でも、今日の討論会で考えを改めた。彼にならば託せる」

それは、朗報をもたらしてくれるという意味だろうか。

「ここにリストがある。未だ洞ヶ峠を決め込んでいる弱腰先生のリストだ。だが、皆、さっきの討論会で根津先生に傾いた。で、私が総代となって、最後の品定めを仰せつかった。そして、確信したので、これをお渡しする。一三人だがね」

*

聖事務所の運転手、関口健司が「お渡ししたい物がある」と言うので、折原は仕事の手を止めた。彼は、東西新聞本社前にレクサスを駐車しているという。

すぐに一階まで下りて屋外に出ると、すぐに黒塗りのレクサスが見つかった。

近づくと、助手席の窓が下ろされた。

「後ろにどうぞ」

言われるままに乗り込む。

車が始動すると、関口が言った。

「お約束の物が、黒い封筒に入っています」

確かに、シートに聖の事務所名が入った黒い封筒があった。

先日、本多さやかの選対本部にいた時、天草の事務所から出てきた関口と出くわした。あたりを憚(はばか)るようにして出てきた関口は、折原と目が合うと、激しく動揺した。

「天草さんは、今部屋にいないと思うんですけど、あそこで何を？」

「ちょっと、頼まれごとをされたので、それで」

「その用事を頼んだのは、どなたですか」

「済みません！　失礼します」

急に駆け出した関口を、折原は呼び止めた。

「何も見なかったことにするから、お願いがあります」

彼は天草を探っていたのだろう。だから、折原は天草の姉、遥についての情報が欲しいと頼んだのだ。

関口は、「今すぐは無理ですが、必ずご提供します」と言い残して、選対本部を出ていった。

その時の約束を果たそうというのだろう。

「中を見ても？」

「どうぞ」

封筒には、Ａ４の文書が二枚とスティックメモリが入っていた。

文書は、天草遥についての調査報告書だった。「えっ、天草姉弟は、日本に帰化した中国人だったの？」

「そこにあるとおりです」

しかも、遥は中国の情報機関と関係があったと書かれている。現在の居場所は不明だが、中国にいる可能性が高いらしい。

もう一枚は、画像を印刷したものだ。

「この子どもは、天草遥の子？」

子どもは手に新聞を持っていた。三日前の人民日報だった。

「分かりませんが、北原さんという方なら、お分かりになるそうです。北原さんには、聖との約束をくれぐれもお忘れなく、とのことです」

何を言っているのか、まったく分からなかった。

それでも、自分が「伝令」に使われたことだけは分かった。

＊

総裁選投票日の前日午後八時、東西新聞と早稲田大学陸奥治憲（はるのり）ゼミの合同により、総裁選公選投票が締め切られた。
当初は、世論調査方式が検討されたが、少しでも多くの参加者を募ろうと、ネット投票となったのだ。
有効投票数は、一一二万五四二九票に上り、折原らの予想を遥かに上回った。
開票の結果は、以下の通り。
本多さやか　七一万〇八二三票
根津幸太朗　三九万六六一二票
早野遼三　　一七万九九四票——。

14

総裁選投票日——。

予想通り、第一回目の投票では、どの候補も過半数を獲得できなかった。

衆参両議員三七〇票と都道府県の党員票四七票は、以下のように分かれた。

一位　本多さやか　一九七票

二位　根津幸太朗　一八三票

三位　早野遼三　三一票

無効票　六票

となり、一位二位との間で、国会議員だけによる決選投票となった。

決選投票に当たり、両議員が最後のお願いのために演台に立った。

本多は「民自党が生まれ変わるため、日本が世界標準レベルになるため、必要なのは、女性総理です。私と一緒に日本にパラダイムシフトを、もたらしましょう」と珍しく語気強く訴えた。

一方の根津は、「民自党の国会議員で一番大切な一票とは、何か——。予算でもなく、法律でもなく、総裁選の一票です。すなわち、この国の行方を誰に託すか。今までは、派閥のトップに気兼ねがあった。だが、今こそ、託したい人に一票を投じて戴きたい」と力強く訴えた。

＊

決選投票では、都道府県の党員票四七票が消える。党員票だけを取れば、根津が約八割、三八票を獲得して、他を圧倒した。一方で、国会議員票は――

本多さやか　一八九票
根津幸太朗　一四五票

で、両者の差はさらに広がってしまう。

過半数は、一八六票で、根津は四〇票足りない。早野と根津は、二位協定を結んでいるのだが、必ずしも早野に投じた全員が、根津を推す保証はない。その上、第一回投票で、無効票を投じた議員は、決選投票でも無効票を投じる可能性がある。

聖は、早野票で確実な票を、二三票と読んだ。

ならば、最低でも一八票を本多陣営から奪う必要があった。

聖は、本多と二人きりになると、事情を説明し、彼女の陣営から二〇票を、根津票に回してほしいと伝えた。

「残念ながら、それは無理です」

本多は、苦しげに言った。

「私が置かれた立場は、誰にも打ち明けていません。なので、私の口から根津さんを推してとは言えないからです。私が融通できるのは、私自身の一票だけです」

そうだった。だとすれば、決選投票までの約一時間で、聖と根津陣営で、残り一九票を獲得しなければならない。

聖は、すぐに久美子を呼び出した。

事情を説明すると、久美子は即座に状況を理解した上で、打開策を一つ提案した。

「五票は何とかなる」

本多には、多くの女性議員票が集まっている。その中で、必ずしも本多を快く思っていない者が、五人ほどいるというのだ。

「そのお姉様方の条件は？」

「寡婦手当」

具体的には、夫に先立たれた寡婦だけではなく、一人暮らしの高齢女性の生活支援だという。

その五人は、いずれも七〇歳以上の女性議員だった。

「若者シフトを宣言している根津の方針に反しないか」

「弱者救済を謳っているから、そこは私が幸太朗に認めさせる。でも、それ以上は、私には厳しいな」

残り一四票か……。

「分かった、俺が何とかする」

空約束ではなかった。

常に計画には、プランBを持て！　がモットーの聖は、まさかのための布石は打ってあった。

聖は、かつて自身が選挙プロデューサーとして支援した議員が全国に、五〇〇〇人以上いる。その内、現職の国会議員が、八一人。

彼らには、当選後の支援もアフターサービスとして行っており、「達磨会」と呼ぶ親睦会を主催している。

但し、「達磨会」は、あくまでも国政に進出した議員の活動支援と親睦を目的としていて、派閥のような政策立案や政治行動を共にするような役割はない。それどころか、そうした行為を厳に慎んできた。

それは、本来の当確師としての領分を侵す越権と考えたためだったが、今回に限っては、その禁を破るしかなかった。

今回の総裁選で、本多さやかを支持した元クライアント議員が、三二人いる。彼ら全員に、本多に投票する理由についての調査を行った。

そして、二〇人が、強く推しているのではなく、勝ち馬に乗ろうと本多支援を選択したのを摑んでいる。彼らは、主流派に身を置くことを望んでおり、可能であれば、要職を手に入れたいと願っている。

投票日の三日前、その二〇人に連絡をし、地方の党員票で他を圧倒し、若い世代から高い支持を得て、本多をギリギリまで追い上げている根津に恩を売る方が、民自党内でのプレゼンスが上がると囁いた。

既に七人が、強い関心を示しており、彼らは聖からの依頼があれば、根津に投じると約束した。

また、残り約一〇人ぐらいは、説得可能という感触があった。

限られた時間だったので、聖は根津の推薦人に名を連ねている「達磨会」の幹事二人にも協力を仰ぎ、その一〇人を口説き落とすことを決めた。

幹事には、各二人ずつの四人を。そして、聖は、難易度が高い六人を受け持った。

彼らは当選回数が少ない若手が多かった。

最初の四人は計二五分で、彼らが望む委員会への参加や政務官ポストなどを約束して寝返らせた。

五人目は、本多の父である本多聴に恩があるベテランで、恩返しのために本多を推していた。

「先生、恩返しではなく、先生の政治思想からすれば、根津総理実現こそ、先生が描く理想に近づくんじゃないんですか」

相手は、なぜ、本多の選挙参謀である聖が、根津推しをするのかと執拗に尋ねたのだが、それは、

「先程、本多先生から理由もなく解任されてしまいまして」とだけ告げた。

最終的には、その議員がライフワークとしている苦学生支援を約束して、根津支援を取りつけた。

そして、最後の一人に電話を入れた時、既に投票まであと一〇分を切っていた。

長野県選出の一年生議員であるその人物は、若手でありながら、策謀に長け、自らの政策実現のために様々な手を打ち、着実に成果を上げていた。

〝聖さん、私の政治信条である日本の里山保全や自然と人との調和政策を、誰よりも早く理解し実現を約束して下さったのが、本多先生なんです。従って、聖さんのたっての願いでも、本多先生支持を翻すことはできません〟

「南方(みなかた)先生、あなたが義理人情を持ち出すとは思いませんでしたよ。これは、さっきまで本多陣営にいた者として申し上げますが、あの方は、マキャベリストですよ。権謀術数に長け、目的のためには手段を選ばない。

つまり、あなたと同類です。そういう方が、あなたを大切にすると思いますか」

南方は暫く黙り込んだ。

〝しかし、根津先生は、私のようなタイプはお嫌いでは？〟

「あなたは、根津先生を見誤っています。彼は確かに不器用な男です。だからこそ、自分の身近に深謀遠慮な軍師を求めています。

よく考えて下さい。あなたの才能を有効活用してくれるボスは、どちらかを」

再び沈黙があった後、南方は決然と声を発した。

〝分かりました。ここは、あなたのアドバイスに従いましょう。その代わり、根津先生の側近で、勉強させて戴きたい〟

「承知しました」

＊

決選投票では、無効票が更に増え一五票となった結果、有効投票三五五票の内、根津は僅か一票差の一七八票で、民自党総裁に当選した。

その後、開かれた衆議院で、根津は内閣総理大臣に選ばれた。

官房長官に民間登用として、真藤久美子が就いた。さらに、財務大臣には多田野が、早野は経済再生担当大臣となった。

そして、本多は副総理兼厚生労働大臣に就任した。

エピローグ

根津内閣発足半年後――。

「違憲である」とした安保関連法の無効について、政権が衆議院に提案し、審議が始まった直後、衝撃が走るニュースが、海の向こうから飛んできた。

アメリカの新聞「ワシントン・ポスト」が、本多が外相時代に中国に日米の機密情報を漏洩したろうえい可能性があるとして、ＣＩＡが調査を始めたというスクープを報じたのだ。

即刻、日本のメディアが報じ、翌日の国会では、野党から緊急動議が発議され、本多厚労相の証人喚問を求めた。政権は、拒絶するに違いないと報じられたのだが、翌日、本多は証人に立つと表明し、三日後、喚問に応じた。

その中で本多は、「ワシントン・ポスト」の報道について、以下のように述べた。

「外相時代に、中国に機密情報を漏洩したことはございません。但し、三年前から、私は子どもを人質に取られ中国政府から、政権の政策を中国寄りにするように求められ、複数回、それに応じました」

詳細については、明日の東西新聞の朝刊で克明に述べたと付け足した。

国会は大混乱を来たし、喚問は一時中止となった。

そして、その日の夜、本多は大臣のみならず、議員も辞職すると根津総理に告げ、総理は受理した。

総裁選後は、根津とも本多とも連絡を絶ち、韓国で休暇を楽しんでいた聖は、ニュースを知ると、久美子に連絡した。

〝本多先生の強い意志で、こうなったの。アメリカは、どうやら安保法制の無効が気に入らなかったみたいね。嫌らしいやり方で、攻撃していた〟

久美子は怒り心頭に発していた。

「本多先生のご子息の行方は？」

〝未だ不明よ〟

つまり、息子と恋人の命が奪われるリスクを承知で、決断したということだ。

〝本多先生は、自分が総裁選に出馬したのを後悔していたわ。もっと早く決断していたら、根津政権に迷惑を掛けなかったのに、痛恨の極みだと〟

「ネズミは？」

〝彼は、しぶといわよ。「ポスト」の指摘は、前政権のものであり、現政権になってからは、本多先生が、中国政府に一切協力していないと明言しているのだから、総理を辞するつもりはない。引き続き公約の実現に邁進すると、明日、表明するわ。

それより、ダル、韓国で休暇って本当？　もうすぐ始まる韓国大統領選挙の参謀をするという噂があるんだけど〟

「ご冗談を。俺は、韓国語ができないし、韓国という国のことも何も知らない。しかも、今や当確師改め、落選師だからな。誰も、こんな男に選挙参謀なんて頼まんよ」

久美子は〝へえ〟とまったく信じた様子もなく電話を切った。

本多は、どうするんだろう。

それが気になった。

何か手立てがあるのだろうか……。
韓国人の友人が、そろそろミーティングの時間だと告げた。
聖は、五分待って欲しいと言って、本多のスマホを呼び出した。

初出
「小説宝石」二〇二二年七月号〜二〇二三年十月号

※この作品はフィクションであり、実在する人物・団体・事件などには一切関係がありません。

真山 仁（まやま・じん）

1962年大阪府生まれ。同志社大学法学部政治学科卒。新聞記者、フリーライターを経て、2004年、企業買収の壮絶な裏側を描いた『ハゲタカ』でデビュー。同シリーズはドラマ化、映画化され大きな話題を呼ぶ。他の著書に『当確師』『当確師　十二歳の革命』『バラ色の未来』『オペレーションZ』『それでも、陽は昇る』『プリンス』『レインメーカー』『墜落』『タングル』『ブレイク』。ノンフィクションにも定評があり、田中角栄のロッキード事件の真相に迫る『ロッキード』の他、『〝正しい〟を疑え！』『失敗する自由が超越を生む 量子物理学者 古澤明の頭の中』『疑う力』などがある。

当確師　正義の御旗

2024年5月30日　初版1刷発行

著　者　真山 仁
発行者　三宅貴久
発行所　株式会社 光文社
〒112-8011　東京都文京区音羽1-16-6
電話　編 集 部　03-5395-8254
書籍販売部　03-5395-8116
制 作 部　03-5395-8125
URL　光 文 社　https://www.kobunsha.com/

組　版　萩原印刷
印刷所　萩原印刷
製本所　ナショナル製本

落丁・乱丁本は制作部へご連絡くだされば、お取り替えいたします。

ISBN978-4-334-10330-9